KB141628

마자's 타로 아카데미

김 경 희 해석
(막스웰 밀러 원작의 유니버설 타로카드를 텍스트로 삼음)

당그래

마자's 타로 아카데미

2015년 3월 20일 초판 1쇄 발행
2024년 9월 8일 초판 3쇄 발행

지은이   김 경 희
펴낸이   이 춘 호
펴낸곳   당그래출판사
주   소   100-250 서울시 중구 퇴계로32길 34-5
대표전화   (02) 2272-6603
팩시미리   (02) 2272-6604
출판등록   1989년 7월 7일 (301-2005-219)
홈페이지   www.dangre.co.kr
이메일   dangre@dangre.co.kr
ISBN   978-89-6046-046-1 * 03810

마자's
타로 아카데미

머리말

여러 해 전부터 서울 송파여성문화회관에서 타로 강의를 해오고 있는데, 이는 내게 참 좋은 경험이었다. 강의를 해오면서 무조건 많이 알고 잘 맞추고 남들보다 더 뛰어난 능력을 보여주는 것이 나의 길이 아님도 새삼 알게 되었다.

다양한 사람들을 이해하는 도구로써 타로의 사용법을 일반인들에게 보급하고자 하는 것이 목적이었으나 처음에는 실수도 많았던 것 같다. 원래 취업을 목적으로 한 전문가반만 가르쳐왔기 때문에 타로공부에 대한 수위조절이 이루어지지 않았고 일반인들을 모두 전문가로 육성시키려는 욕심 때문에 학생들이 힘들었을 것이다. 그렇게 시행착오를 하고는 시중에 나와 있는 타로 책들을 다시 보니 일반인들이 쉽게 접할 수 있도록 쓰여진 책이 없다는 것을 알았다.

마치 모두 백과사전 같았다.
너무 많은 내용을 담고 있고 용어가 어려웠다.
그래서 가장 쉬운 타로책을 집필하게 되었다.

타로카드로는 유니버셜 타로카드(1999年, Maxwell Miller 지음 / 박재권 옮김, 당그래)를 선택하였다. 이 타로카드는 상징과 색감이 풍부하고 얼마든지 내면의 직관을 끌어낼 수 있는 멋진 카드이기 때문이다. 다만 교재의 내용에서는 동서양의 문화적 차이로 인해 현시대 상황에 맞는 카드 실전 내용이 담겨 있지 않아 다소 아쉬움이 있었다.

그래서 누구나 쉽게 익힐 수 있도록 이야기 형식으로 마이너 카드를 풀어내었고, 메이저 카드는 특정한 상황을 유추할 수 있는 질문들을 공통적으로 만들어 어떻게 각기 해석되는 지를 보여주고 싶었다. 다만 이 책에서 수비학과 카발라의 내용은 관련성을 인지시키는 정도로만 언급하였다. 그리고 내용을 좀 더 쉽게 표현하기 위해 평범한 주부 '별주부' 의 입장에서 강의를 듣는 것으로 글을 구성하였다.

　타로는 일정한 형식이 존재한다. 자연이라는 큰 틀에 인생을 넣어 삶의 경험을 토대로 각자 자신만의 타로를 만들 수 있게 제작을 의도하였으나 어떨지 모르겠다.

　이미 송파여성문화회관에서는 이런 내용의 수업이 수년 동안 이루어지고 있으며 수강생들에게 상당히 좋은 반응을 얻어내고 있다.

　타로가 어떤 점이나 무속적인 것이 아니라 사람과 사람을 이해하는 도구로 쓰일 수 있다는 것을 알리는 것이 너무 행복하다.

　타로를 익히고 싶은 이들에게 조금이나마 도움이 되었으면

　참! 좋겠다.

목 차

머리말 • 4

1. 첫 만남 • 9

2. 나의 비견(比肩) 겁재(劫財)들… • 15

3. 사주 공부하는데 왜 타로카드를 배우지? • 18

4. 타로카드의 원리 • 28

5. 타로 공부하기 • 31

6. 타로카드와 심리학적 성향이 많이 비슷해요! • 40

7. 수비학(數泌學)이 뭐지? • 42

8. 타로카드와 숫자 • 51

9. 궁중카드와 카발라 • 80

10. 코트(Court)카드 배우기 • 84

11. 카발라의 생명나무 • 89

12. 드디어 메이저카드를 배우다 • 92

13. 메이저카드 • 95

14. 모든 타로를 섞어서 임상하기 • 141

15. 쓰리 카드로 상황별 리딩하기 • 146

맺음말 • 158

● 당그래 출판사 부설 마자’s 타로 아카데미 강사진 소개 • 159

첫 만남

오늘은 마자 샘의 수업이다.
내가 이 자리에 앉아있다니… 마자 샘과 첫 만남이 떠올랐다.

사실 난 여기 저기 다니며 점보는 것을 좋아하는 보통 40대 주부
였다. 일단 본명은 좀 창피하니 그냥 난 별주부라 하자. 사실 내 닉
네임은 스텔라이다. 그래서 스텔라 즉, 별과 가정주부에 주부만을
합해서 별주부.

어느 날 직장 동생이 광주에 신기 있는 사람이 있는데 친척이 그
사람과 같은 아파트에 살고 있다는 이야기를 듣고 호기심이 급증하
기 시작했다. 내가 알기로는 신기란 소문나서 사람들이 다 알 때쯤
이면 이미 신기가 없어진 상태가 많았기 때문이다. 그래서 이 별주
부는 사정사정해서 신기가 없어지기 전에 만나 보겠다는 일념하나
로 그 분과 연락하여 무조건 찾아 갔었다.

역시나 대문에 어떠한 절 마크나 깃발 등이 꽂혀 있지 않았었다.
잔뜩 기대를 하고 벨을 누르자 머리를 감았는지 물기 축축한 머리에
약 30대 가량으로 보이는 젊은 주부가 웃으며 나를 맞이해 주었다.
집안으로 들어서자 고양이 두 마리가 날 쳐다보고 있었다. 원래 고

양이들은 낯선 사람이 오면 도망가곤 하는데 그 녀석들 중 한 마리는 소파에 도도하게 앉아 쳐다보고 한 마리는 등을 바닥에 대고 드러누워 졸고 있는 듯했다. 아직도 난 그 광경이 생생하게 기억이 난다. 역시 신기 있는 사람의 고양이라 조금 다르구나 이런 생각을 하며 잠시 서 있는 동안 열 살 가량의 꼬마 녀석이 난데없이 나타나 인사를 하며 뛰어다니는 게 아닌가?

그러자 그 여성은 식탁에서 잠시만 기다리라 말하고 아이에게 손님 오셨으니 얌전히 있으라며 작은 방으로 아이를 들여보냈다.

난 집을 살펴보며 냄새를 맡아 보았다. 왜냐하면 내 경험상 아무리 일반 가정집처럼 보여도 어딘가에는 불상이 모셔져 있기 때문이다. 그리고 대부분 아니 모두가 이런 집에는 향 냄새나 촛불 냄새가 났었다. 하지만 냄새는 커녕 거실과 아이 방은 특별하지 않았다. 문이 닫혀있는 저 구석방에 불상이 있지 않을까 나름 추측하며 난 긴장의 끈을 놓지 않았다.

잠시 후 그 여성은 젖은 머리를 그냥 빗질 만하고 큰방에서 나오더니 커피를 타 주었다.

그 당시, 나는 분양받은 아파트 문제로 고민하고 있었다. 아파트를 유지해서 입주를 해야 하는지 아니면 그냥 포기하고 임대아파트로 들어가야 하는지… 사실 내 마음속에는 이미 결정이 되어 있었다. 하지만 옳은 결정인지 궁금했기 때문이다. 그래서 거기까지 서툰 운전으로 간 것이다.

하지만 정말 평범한 여성이었기에… 차마 불상이나 법당은 어디에 있냐고 물어 볼 수가 없었다. 좀 더 신비한 무엇인가를 원했는데… 설마 식탁에서 상담을 하겠어? 하는 나의 그 설마가 현실이 되었다.

그때 웃으며 그녀가 말하기 시작했다.

"오늘은 제게 귀인이 되실 분이 오는 날인데 좋은 인연이 될 것 같아요."

그러더니 동전을 가져와 동전에 뭐라 쓰기 시작했다. 그리고는 나에게 아무 동전이나 잡으라고 하였다. 그래서 동전 하나를 잡았다. 그랬더니 동전 뒤의 글씨를 보고 종이에 무엇인가를 적기 시작했다. 잠시 후에 종이를 보며 말을 이었다.

"먼저 말씀드리겠습니다. 지금 문서 관련된 일이 있다면 정리는 좋지만 문서를 잡는 것은 별로 좋지 않고요 내년까지만 고생하시면 일은 조끔씩 나아질 겁니다. 이제부터 궁금한 것을 물어 보세요."

사실 난 점집을 좀 많이 다니는 편이다. 그런데 이런 경우는 처음이라 어안이 벙벙했다. 동전 하나 집었을 뿐인데… 속으로 '저 사람이 진짜 신기가 있기는 있구나' 생각했다. 하지만 표정 관리를 하며 다시 물었다.

"네. 사실 제가 아파트를 분양받았는데 이걸 유지해야 하는 지 아니면 계약금 포기하고 여기서 정리해야 할 지 몰라서 왔거든요. 그럼 역시 포기하는 게 낫겠지요?"

"네. 현재 상황에서… 참 죄송하지만 성함이 어떻게 되시죠?"

나는 속으로 '역시 신 받은 지 얼마 안돼서 참 어설프구나' 생각했다. 그리고 별주부라고 이름을 이야기했다.

"별주부님. 지금은 당신의 에너지 흐름상 일을 벌일 때는 아니네요. 제 생각은 정리하시는 게 좋겠습니다. 그리고 사주는 그냥 봐드리도록 할게요."

이것이 바로 마자 샘과 첫 만남이었다.

그녀는 지금 본 점사가 육임이라 했다. 육임은 그날, 내담자(來談子)와 만난 시간을 기준으로 일사일점(一事一點)으로 한 가지 질문에 한 가지 답만을 구한다 했다. 하지만 요즘은 미리 예약하기 때문에 시간을 동전을 뽑아 구하는 것이라 했다.

그리고 사주로는 인생 전반에 걸친 운의 흐름을 이야기해준다 했다. 난 생년월일시를 말하였다.

壬 丁 辛 戊
寅 亥 酉 申
72 62 52 42 32 22 12 2
癸 甲 乙 丙 丁 戊 己 庚
丑 寅 卯 辰 巳 午 未 申

이때가 2008년 무자(戊子)년 초가을 내 나이 41세였다.

그녀는 이렇게 말을 시작했다.

"30대를 잘 보내셨으면 40대 부터는 더 잘 보내실 수 있습니다."
"이혼 수 있나 좀 봐 주시겠어요? 정말 제가 잘 참고 견딜 수 있을까요?"

"네, 잘 지내실 수 있어요. 물론이죠… 30대가 가장 고비였어요. 부부 사이에 마음도 맞지 않고 돈은 모였다 더 많이 사라지고 결국 엔 40대에 다시 시작하는 운이죠."

그녀는 내 눈치를 살피지 않았다. 오로지 자신이 써 놓은 글만 보 며 이야기 하고 있었다. 조금씩 신뢰감 같은 것이 생기기 시작했다. 그 전에 다니던 곳에서는 눈치를 보며 이야기한다는 느낌이 들었지 만 이 여자는 달랐기 때문이다.

"어린 시절에 부모님 문제로 많이 힘드셨을 것 같아요… 특히 어 머니가 많이 힘드셨을 것 같은데……."

난 속으로 감탄했다. 지금까지 이렇게 어머니 이야기를 꺼낸 사 람은 없었기 때문이다.

"선생님은 신으로 보시나요? 아니면 글로 푸시는 건가요?"
"아~ 이런 쪽으로 관심이 많으실 수 있어요. 별주부님은 배우시 면 잘 하실 것 같네요."
"이런 것도 배울 수 있나요?"
"그럼요."

이것이 시작이었다. 내가 왜 이렇게 살고 있는지를 배워서 아는 것이 가능하다면 한번 배워 보고 싶었다. 마지막으로 난 이렇게 물 었다.

"그럼 신은 안 모시나요?"

그녀는 어이없다는 듯 손사래를 쳤다. 그리고 자기는 평범한 주 부일 뿐이고 엄마 노릇이 젤 힘들다며…….

이것이 마자 샘과 나의 첫 만남이었다.

그리고 6개월 뒤 마자 샘에게 연락이 왔다. 새로운 반이 만들어진 다고······.

나의 비견(比肩) 겁재(劫財)들

난 부푼 가슴을 안고 송파의 마자 샘 사무실을 찾아갔다.

떡볶이집 옆에 나란히 붙어 있는 사무실은 빨간색 배경의 간판이 눈에 띄게 달려 있었다.

이름은 '마녀놀이'

항상 완벽주의인 나에게는 좀 낯설고 어색한 이름이었다. 하지만 뭐랄까 조금 신선했다.

다시 말하지만 난 점집 마니아로써 일단 첫 수업을 위해 천간(天干) 열 개와 지지(地支) 열두 개를 일단 외워왔다. 무슨 의미인지는 모르겠지만 오늘 알려주겠지 하며 당당하게 가게 문을 들어섰다. 가게 안에는 나이 지긋하신 어머님 한 분과 50대 정도의 여성이 한 명, 그리고 안경 끼고 마른 남자 분이 한 명 이렇게 3명이 앉아 있었다.

마자 샘이 커피 마시겠냐는 말로 인사를 대신했다.

나를 포함한 5명이 금요일 오전에 수업을 하게 된 것이다. 이 그룹에서는 어찌 된 일인지 마자 샘이 가장 젊었다. 선생이 30대, 다음이 나를 포함한 40대 두 명, 50대 한 명, 그리고 60대로 보이는 어머니 한 분 이렇게 5명이 앞으로 수업을 해 나갈 것이다.

그럼 한 명씩 프로필을 정리해 보겠다.

● 선생님
닉네임 : 마자 샘
별명 : 마녀
직업 : 사주, 타로, 점성학 강의 (필살기는 육임)
좌우명 : 마음이 가는대로 진실하게 살자

● 학생 1
닉네임 : 별주부
별명 : 왕눈이 쪼
직업 : 보험 설계사
좌우명 : 프로다운 인생을 살자

● 학생 2
닉네임 : 착한 마녀 글린다
별명 : 프란체스카
직업 : 옷가게
좌우명 : 모든 느낄 수 있는 느낌 느끼기

● 학생 3
닉네임 : 담원
별명 : 소녀
직업 : 꿈작업 심리학자
좌우명 : 자유로운 사람으로 살자

● 학생 4
닉네임 : 천민(天民)
별명 : 조샘

직업 : 수학 과외 선생님
좌우명 : 진정한 배움을 찾자

사주(四柱)에서는 가족 관계를 나타내는 말이 있는데 이를 육신(六神)이라 표현한다. 그중에 나와 같은 상황에 놓인 동료를 비견(比肩) 즉, 어깨를 나란히 한다는 의미로 쓰인다.

또한 나와 성향이 다른 이를 겁재(劫財)라고 한다. 주로 성별이 다를 때 사용된다. 그리고 선생님은 나를 지도하고 기운을 불어 넣어주는 의미로 인성(印性)이라 한다.

그러니 앞의 프로필에서 나의 비견들은 여학생들이고 나의 겁재는 남학생이며 나의 선생님은 인성이 되는 것이다.

여기서 중요한 것은 바로 나 즉, 별주부를 중심으로 해서 말하는 것이다.

사주 공부하는데
왜 타로카드를 배우지?

호기심 가득한 눈으로 수업을 기다렸다.
그러자 마자 샘은 이렇게 말문을 열었다.

"여러분 혹시 [1]매트릭스라는 영화 보셨나요? 그 영화에서 모피어스라는 흑인 남자가 그, The One에게 첫 대면에 이렇게 말합니다. '여기 두 개의 알약이 있소. 하나는 그냥 이 세상에서 이렇게 아무것도 모르는 채 살아가는 약, 또 하나는 진실한 세상을 보는 알약…….' 여러분 또한 그 알약들 앞에 있다면 어떤 선택을 할까요? 지금까지 당신들이 믿던 다른 세계에 대한 고정관념을 깰 수 있는 기회이지만 알고 난 뒤는 돌아갈 수 없는 그런 기회 말입니다. 좀 공부했다는 사람들은 이렇게 이야기 합니다. 마음으로 깨우쳐라. 당신의 마음은 어디에 있나요? 혹시 머리에 있는 것을 마음이라 하지 않는지요?"

---

1) 매트릭스 : 영화 1999년도 작품, 감독 앤디 워쇼스키, 라나 워쇼스키 남매 장르 SF, 액션 미국136분. 키아누 리브스(네오/토마스 앤더슨), 로렌스 피시번(모피어스), 캐리 앤 모스 (트리니티).

좀 이상한 시작이었지만 무엇인가 난 호기심이 일었다. 드디어 신비한 그 무엇인가가 모습을 드러내는가?

"저는 여러분이 배우고자 하는 공부가 얼마나 자연스럽고 실생활에 많은 접목이 되는지를 밝히는 수업으로 만들 것입니다."

"먼저 점(占)이란 어떤 의미가 있을까요?"

잠시 생각을 해보았다. 그냥 쉽게 말해서 미래를 알아내는 것이 아닐까?

"그럼 점은 언제 찍을 수 있는지 볼까요?"

그러더니 화이트보드 가운데 점 하나를 찍었다. 설마 저 점(点)을 점(占)과 같이 본다고?

"점(占)은 현재에만 볼 수 있는 것입니다. 현재에서 상황을 객관적으로 바라보는 행위가 바로 점을 치는 것입니다. 그 결과를 얻기 위해 어떠한 조작도 가해지지 않은 자연의 산물이나 무의식적인 선택을 통해 현재의 기운 상태를 보면 미래에 대한 예측이 가능하다는 결론입니다.

동서양을 막론하고 고대부터 내려오는 점 중에는 동물의 내장 점이 있었습니다. 점을 보기 위해 무작위로 선택된 동물을 한 마리 가져와서 배를 갈라 내장의 위치와 색상을 보고 앞으로의 일을 예언하는 거죠. 사실은 그때 내장의 상태를 보고 앞일을 추정하는 것이지만 잘 맞았지요.

이유는 간단합니다. 현재는 과거와 미래를 잇는 고리이기 때문이죠. 동물의 내장 상태가 좋지 않았다면 현재의 나쁜 상황이 객관적으로 드러나는 것이고 그렇다면 당연히 미래는 나빠지겠지요?

여기서 한 가지 중요한 사실을 인식해야 합니다.

이러한 행위 자체가 무의식적으로 행해져야 한다는 거죠. 절대 결과를 사람들은 몰라야 합니다. 단지 그 순간 즉흥적으로 행위가 행해져야 한다는 사실입니다.

그럼 그것을 현대화시킨 것 중 여러분이 잘 알고 있는 것 한 가지를 해볼까요? 그것은 타로카드입니다."

"타로카드는 뒷면이 모두 같아요.

자 보이시죠?"

(유니버셜 타로카드를 스프레드한 모양)

마자 샘은 카드 한 벌을 꺼내어 뒷면을 보여주었다.

모두 같은 그림이었다. 모두가 알고 있는 사실이다.
그 카드를 책상 위에 둥근 반원 모양으로 펼쳤다.
"자, 카드를 이렇게 펼치는 것을 스프레드라고 해요"

"이제 여러분들의 현재 상황을 보도록 하죠! 한 장씩 카드를 선택해서 펼치지 말고 자신의 앞에 가져다 놓으세요."

난 두근거리기 시작했다. 항상 점을 치기 위해 무엇인가를 선택하는 상황이 되면 기대와 불안이 교차하며 살짝 흥분되는 것을 느꼈다. 그리고 나만을 위한 카드를 아니 사실 좋은 카드를 뽑으려 노력하지만 뒷면은 모두 같아서 안의 내용을 도저히 알 수 없다.

모두 각자의 카드를 뽑아서 자기 앞에 가져다 놓았다.

"자 그럼 보도록 하지요."

마자 샘은 글린다의 카드를 뒤집었다.

"글린다님은 상당히 감정이 풍부하시네요! 여기 카드 그림에 컵이 보이시나요? 컵은 감정적 성향의 사람에게 나오는 카드예요. 그리고 여기 컵이 몇 개가 있죠? 두 개가 있네요. 두 개의 컵은 어떤 의미가 있을까요? 여기 술 좋아하시는 분 계세요?"

글린다가 요염한 웃음을 지으며 손을 들었다.

"건배할 때 아닐까요?"

"맞아요. 건배는 마음이 잘 맞을 때 하는 행위지요. 감정적으로 지금 상태가 어느 정도 만족스러움을 나타내고 있네요. 이 카드는 지금 글린다님의 현재 무의식의 상황을 나타낸 것입니다. 글린다님은 그렇게 느껴지세요?"

그녀는 웃으며 고개를 끄덕였다.

"다음은 담원님의 상황을 보도록 하죠. 여기에 지팡이가 그려져 있네요. 그리고 이 카드에는 숫자가 없어요. 그 대신에 퀸(Queen)이라고 표시되어져 있네요. 지팡이를 우리는 완즈(Wands)라고 부른답니다. 그리고 완즈는 호기심, 충동, 직관 같은 성향을 표시하죠. 그리고 퀸은 여왕을 나타내며 그런 상황을 지배할 수 있는 사람임을 암시합니다. 그래서 전체적으로 풀이하면 담원님은 현재 호기심이 많으시고 직관이 발달하신 분이라고 말씀드려도 될는지요?"

담원님이 알듯 말듯 한 미소를 띠며 고개를 끄덕였다.

King of Cups

"여기에 계신 유일한 남자 조 선생님, 청일점이신데 현재 상황을 보도록 하죠. 이 카드에는 컵이 있고 킹(King)이 있네요. 컵은 아까 감정이라고 말씀 드렸지요? 그럼 왕은 어떤 의미가 있을까요? 물론 상황을 지배할 수는 있지만 감정적인 왕이라 일처리 면에서는 조금 우유부단한 면이 보이네요. 맞나요?"

"맞는 것 같기도 하고 아닌 것 같기도 합니다. 제가 결정할 일이 그다지 많지가 않아서 말이죠."

우리는 웃어 버렸다. 대답조차도 우유부단해 보였기 때문이다.

"자 다음은 별주부님"

드디어 내 차례가 왔다.

"카드에 디스크(Disks)가 나왔네요. 에이스 즉 한 개의 디스크가 나왔어요. 디스크는 물질적이고 구체적인 것을 의미하는데 계절로는 겨울을 나타내죠. 겨울은 드러나지 않지만 많은 변화가 일어나는 계절이죠. 가장 추운 계절이면서 다시 따뜻함을 불러오는 계절이니까요. 그래서 변화라는 의미가 강하답니다. 특히 지금이 겨울인 것을 감안하면 현재 가장 많은 의식의 변화와 구체적이고 물질적인 변화가 일어난다는 것을 암시하네요. 그건 그렇고……. 항상 금전적인 문제로 신경 많이 쓰시죠?"

난 깜짝 놀랐다. 아이가 셋이나 있는 나는 언제나 미래에 대한 불안과 매달 실적에 대한 긴장감으로 신경성 위장병까지 있는 상황이기 때문이다. 사실 난 지금도 지금 이곳에 있는 것이 잘하고 있는 일인지 속으로 묻고 있었다. 난 물질적으로 근심 없는 풍요로운 세상에서 살고 싶었다. 난 눈을 둥그렇게 뜨고 그냥 마자 선생을 바라보았다.

"이번 겨울부터는 별주부님의 생각이나 마음이 많이 변화가 있을 것을 나타내고 있네요."

"저의 상황도 뽑아 보도록 할게요."

"저는 스워드 6가 나왔네요. 스워드는 간단히 말하면 이성적이고

논리적인 의사소통을 의미하고 6이라는 숫자는 완성을 의미한답니다. 그래서 이 카드의 의미는 합리적이고 이성적인 교류를 통해 완성을 향해 나아갈 수 있다는 뜻을 담고 있지요. 여러분과의 만남이 그런 의미를 포함하고 있다고 생각됩니다. 이렇게 인연으로 만나 너무 반갑습니다."

문득 호기심이 일었다. 그럼 대체 뭘 배우는 거지?

"선생님, 그럼 우리 무엇을 배우나요? 사주 배우는 거 아닌가요?"

"아~ 사주를 배우기 전에 우리는 먼저 타로카드를 통해 자연과 환경 속에 표현되어지는 네 가지 성격유형을 먼저 배울 겁니다. 그리고 간단한 수비학(數祕學) 즉, 숫자에 관한 상관 관계를 배우고 점(占)이라는 것이 신비한 것이 아니라 융 심리학에서 말하는 동시성의 원리에 의해 자연적으로 나타나는 현상임을 먼저 배우게 될 것입니다. 그 다음에는 별자리를 통한 12가지 세분화된 성격을 공부하고 사주와 연계하여 추명법을 공부합니다. 추명(推命)이란 운명을 추리한다는 표현이지요? 제가 사주를 가장 적절히 표현하고 있다고 생각하는 이름입니다. 이러한 순서로 우리는 공부하게 됩니다."

난 원래 객관적이고 논리적인 사람이다. 단, 점을 좋아할 뿐……. 사주라는 특별한 공부를 하기 위해 이곳으로 왔는데 갑자기 타로와 별자리라니 좀 황당함을 느꼈다. 하지만 마자 샘의 말이 이상하게도 신뢰감 있게 들렸다. 방금 해본 타로카드의 놀라운 여운이 남아서 그랬을까? 반론하고 싶은 생각이 별로 들지는 않았다. 다른 사람들도 마찬가지인 듯했다.

"여러분 배울 게 갑자기 많아져서 걱정되시나요? 시간이 많이 걸리고 아마 비용 문제도 있을 수 있겠지요. 하지만 여러분 인생에 작은 선물을 준다 생각하시고 한번 그냥 따라와 보세요. 지금 여기 계시는 분들은 각자의 사정과 오신 목적이 다르듯이 각자 얻어 가는 것 또한 서로 다르고 배우고 익히는 모습도 자기만의 방식으로 만들어질 겁니다."

결국 이렇게 첫 수업이 시작되었다.

아마도 마자 샘이 이야기하고 싶은 것은 우리가 신기해하고 새로운 세계라고 생각하고 있던 점이라는 세계를 그냥 자연스러운 것으로 받아들이라는 그런 의미가 아닐까?

잘은 모르지만… 난 단지 주사위를 던졌고 그 숫자의 길을 걸을 뿐이다.

'그래, 한 번 가 보자. 나를 위한 오로지 나 별주부만을 위한 시간을 만들어 보자.'

타로카드의 원리

"궁금한 것을 알기 위해 하는 행위를 우리는 점을 친다 했는데 그럼 점을 치는 기준이 있을까요? 그렇죠. 앞에서 말한 융의 동시성 원리[2]가 들어간다고 했지요. 여기서 융의 동시성 원리를 잠시 살펴보면 지금 일어나고 있는 모든 사건은 현재의 기운을 포함하고 있다는 의미가 있어요. 그러니까 영화 쿵푸팬더[3]에 나오는 말처럼 이 세상에는 우연이란 없는 거죠.

예를 들어 기독교인이 하느님께 기도합니다. '하나님 제 기도에 대한 응답을 주세요. 저에게 이번 주까지 그를 보내시면 그와 결혼하겠습니다.' 라고 할 때 질문자의 의도 즉, 올 수 있을 지 없을 지도 모르는 상황에서 무조건적으로 응답에 따르겠다는 것은 점 보는 자의 심정과 많은 유사점을 보인다는 것이지요. 이때 만일 그녀가 제시한 시간에 그가 온다면 그녀는 하느님의 응답으로 알고 결혼을 하겠지요. 아마도 대부분이……. 만일 그 시간에 그가 오지 않는다 해도 그냥 하느님의 뜻으로 알고 받아들이겠죠?

---

2) 동시성 원리 : 칼 융은 1920년에 '비인과적 연관' 또는 '의미 있는 우연의 일치' 라는 뜻으로 '동시성(synchronocity)' 이라는 용어를 쓰기 시작.
3) 쿵푸팬더 : 애니메이션, 액션 2008년 미국 작품, 감독 마크 오스본, 존 스티븐슨

이것을 동시성이라 볼 수 있는 것입니다.

주어지는 사건에 담긴 그 기운. 영화 쿵푸팬더는 그런 상황을 더 강조했지요? 전설의 용사가 하늘에서 정말 떨어졌는데 그는 살찌고 뚱뚱한 무술을 익힌 적도 없는 팬더이더라…….

이런 설정에서 그 영화는 시작한답니다. 하지만 나중에는 진짜 전설의 용사가 된다는 그런 이야기니까 여기서도 동시성의 원리가 적용이 된 거죠.

타로카드 또한 마찬가지입니다. 여러 장의 카드 속에서 자신이 질문한 대답을 뒤집힌 카드에서 골라 찾아내기 때문이죠. 그리고 그저 받아들인다는 전제하에 이것은 동시성 원리를 이용한 점(占)이 성립이 되는 것입니다."

알다시피 점집 마니아인 나로서는 약간의 혼돈과 머릿속이 너무 쉽게 정리되는 두 가지의 미묘한 기분을 맛보고 있었다.

마자 샘은 말을 이었다.

"그리고 또 하나, 점(占)의 중요한 원리가 있습니다. 그것은 모든 점은 자연에서 나왔고 그것은 4계절을 기준으로 하여 시기를 찾아낸다는 것입니다. 지구상 어느 곳에 가도 봄, 여름, 가을, 겨울이라는 단어가 존재합니다. 그리고 봄, 여름, 가을, 겨울에 대해 느끼는 표현도 비슷하다는 사실을 알고 있습니다.

만일 남반구에 있는 호주는 북반구와 계절이 달라도 역시 그들의 4계절이 있는 거죠. 계절이 시기적으로는 다르기는 하지만 그 계절의 느낌은 절대성을 가지고 있는 거죠. 동서양의 점(占)에서는 계절로 시기를 표현할 수 있고 성격을 나타낼 수 있습니다. 그리고 4계절이 지나면 연(年)이 바뀌고 나이를 먹어 가는 것을 자연스럽게 경험하고 살지요.

신화에서도 보면 인간을 하루에 비유하기도 하는 이야기가 있습니다. 오이디푸스가 테베의 암산을 지나갈 때 스핑크스가 낸 수수께끼 이야기입니다. '아침에는 네발, 점심에는 두발, 저녁에는 세발로 걷는 것은 무엇이냐' 이 질문의 답은 '사람'입니다. 사람의 일생을 하루에 표현한 것입니다.

그렇듯 사람의 일생을 4계절로 표현한다면 봄은 아직 미성숙한 어린 시절을 나타낼 것이고, 여름은 가장 활동적이고 감정적인 시기가 될 것이며 가을은 현실적이며 바른 판단을 해야 하는 시기이고, 겨울은 활동적이지는 않지만 살아온 경험의 지혜로 아직 미성숙한 어린이를 잘 이끌어 가야 할 시기가 되는 거죠.

노후의 유산 기부나 사회 환원도 되고 장인이 새로운 대를 이을 제자를 키워내는 것 같은 원리입니다. 자연에서는 사람의 일생이라는 것이 한낱 하루 또는 한 해 정도에 불과할 정도로 짧게 느낄 수 있지 않을까요?'

전에 어디에선가 들은 기억이 난다. 프랙털 이론이라고 하던가? 같은 모양의 규칙적인 배열을 확대하거나 축소했을 때 여전히 같은 형태를 보이는 현상 즉, 해안선을 위성에서 바라보았을 때 그 모양이 지도상의 작은 해안선에서 같은 패턴을 찾아 낼 수 있는 현상이라 했던가? 사람의 인생을 하루로 표현하기도 하고 그것을 1년으로 표현하기도 하다니……. 난 가능한 이야기라고 생각했다.

타로 공부하기

"타로는 정확히 기원이 언제인지는 밝혀지지 않았습니다. 하지만 현대에 쓰이는 타로카드의 구성과 규칙은 1900년대에 완성되었답니다.

여러분이 알고 있는 트럼프 카드가 바로 타로카드에서 나왔다는 설이 있답니다. 트럼프 카드는 4개의 조가 있고 각각 1번부터 10번 까지 숫자가 있습니다. 그리고 왕, 여왕, 기사, 카드와 조커가 있죠! 여기서 조커를 제외한 각 조별 13장의 카드가 4개의 조로 나누어진 것을 모두 합하면 지금 쓰이는 타로카드의 마이너 카드와 같답니다.

물론, 대부분의 타로카드에서는 왕, 여왕, 기사, 급사로 각 조마다 한 장씩 더 추가가 되기는 하지만 우리가 배울 때는 일반 트럼프에 맞추어 설명하도록 하겠습니다.

역사를 보면 카드의 개수는 시시때때로 변화가 있었던 것이 사실이기 때문입니다."

그럼 우리가 집에서 일반적으로 게임할 때 사용한 카드의 기원이 바로 타로카드구나! 클로버, 하트, 스페이드, 다이아몬드로 그려지고 왕, 여왕, 기사가 있던 바로 그 카드…….

"보통의 트럼프 카드는 뒷면의 배경이 양방향으로 섞을 수 있는 구조입니다."

"하지만 타로카드는 뒷면 그림에 따라 양방향 카드와 한방향 타로카드로 나눌 수 있습니다."

"현재 타로샵에서 가장 많이 쓰이는 타로 카드는 '웨이트라이트'라는 양방향 카드를 사용하고 있습니다. 그래서 카드를 해석할 때 앞면의 그림을 정(正)방향과 역(逆)방향으로 의미를 나누어 읽는답니다."

"하지만 카드 뒷장을 한 방향으로만 섞을 수 있도록 만들어진 카드가 있답니다. 그런 카드는 셔플할 때 일정한 방향으로만 섞는다면 앞면의 그림을 항상 정방향으로 나오게 만들 수 있습니다. 그래서 카드를 정방향으로만 의미를 알면 해석할 수 있는 카드를 한방향 카드 혹은 일방향 카드라고 하지요"

"우리가 공부하게 될 카드는 바로 막스웰 밀러가 그린 유니버셜 타로 카드 (당그래 출판사)입니다. 이 카드는 카드 뒷면이 한방향으로 그려진 일방향 카드에 속하지요.

그래서 우리는 앞면의 그림을 정방향과 역방향으로 나누지 않고 항상 정방향으로만 해석을 한답니다."

"물론 일방향과 양방향 카드의 장단점이 있습니다. 하지만 초보가 공부하기에는 일방향 카드를 이용해 카드의 전체적인 형식과 규칙을 먼저 이해하는 것이 좋습니다. 이유는 카드 한 장으로 정방향과 역방향의 카드 의미를 둘 다 알아야한다는 것은 초보자가 카드를 볼 때 큰 부담으로 작용하기 때문이지요. 그런 부담을 안고 타로를 본다면 쉽게 카드가 익혀지지 않아요."

"먼저 기본이 되는 정방향을 익히고 카드의 형식과 규칙을 이해를 한다면 다른 어떤 카드도 쉽게 익힐 수 있습니다."

"한방향 카드가 양방향 카드보다 정확성이 떨어지지 않을까 걱정한다면 그냥 걱정을 내려두셔도 된답니다. 이유는 앞서 말한 점과 동시성 원리 때문입니다. 우리가 질문에 대한 해석의 방법을 미리 정하고 있다면 우연히 뽑힌 카드에 그 형식과 원리만 적용시키면 됩니다."

"타로카드로 상담할 때 가장 중요한 것은 타로카드를 신뢰하는 마음입니다. 이것은 많은 임상을 필요로 합니다. 타로 선생으로 제가 여러분들에게 해줄 수 있는 것은 타로카드의 모든 것을 가르치는 것이 아닙니다. 타로 카드의 기본 뼈대를 만들어주는 것이지요.

타로는 기본 틀을 익히고 나면 나머지는 오로지 자신의 임상경험으로 뼈대에 살을 붙여야 합니다. 그래서 시간이 흐르면 자신만의 카드로 완성이 되어가지요.

저는 십 년 동안 강의를 해오며 학생들이 다양한 분야에서 전문적인 상담자로 변해가는 모습을 보아왔습니다. 저는 모두에게 똑같은 과정과 내용을 가르쳤지만 임상 경험을 통해 자신만의 해석 방법을 찾아내고 좀 더 진화된 카드로 각자 완성시켜가는 모습을 지켜보았습니다. 결국에는 자신의 인생관이 들어있는 자기만의 타로 카드를 만들더군요. 당연한 것입니다."

이것은 꽤 매력적인 말이다.

나의 삶이 녹아있는 나만의 별주부카드를 완성한다.

과연 그럴 수 있을까?

요점 정리

카드 점의 종류

● **타로카드** : 마르세유 타로카드, 웨이트 타로카드,
　　　　　　　 기타 제작자에 따른 다양한 타로카드.

● **오라클카드** : 타로카드의 기본 형식을 갖추지 않은 여러 형태의 카드.

● **그림카드** : 다양한 연상과 직관력으로 인해 영적인 해석이 가능하고 그림에 자신을 투사하여 현재의 상황을 파악할 수 있는 심리치료의 도구가 될 수 있다.

● **위즈덤카드** : 현명한 명언들로 이루어진 카드로써 직접적인 의미를 전달할 수 있지만 문자에 의한 한정적인 의미로 인해 다양한 해석이 불가능한 단점이 있다.

● **타로 카드의 개수** : 78장을 기본으로 하나 다양한 개수의 타로가 있다. 우리가 사용할 막스웰 밀러의 유니버셜 타로카드는 74장으로 구성되어져있다.

● **타로카드의 방향** : 양방향 카드, 일방향 카드.

기본 용어 익히기

● **카 드 덱** : 카드 한 벌을 말한다.

● **아르카나** : 히브리어에서 기원 '비밀' 이라는 의미.
　　　　　　　 메이저아르카나 : 인생의 큰 비밀.
　　　　　　　 마이너아르카나 : 인생의 세세한 비밀.

● **셔　　 플** : 손으로 카드를 섞는 행위.

● **스프레드** : 카드를 뽑기 좋은 모양으로 펼치는 것.

● **수 비 학** : 수의 비밀을 연구하는 학문.

● **카 발 라** : 유대인들에게 전승되던 고대의 비밀스런 가르침.

"타로카드는 메이저아르카나와 마이너아르카나로 나누어집니다만. 우리는 그냥 메이저카드와 마이너카드로 쉽게 쓰도록 하지요.

메이저카드는 조커와 같은 개념인 바보(The Fool)카드 0번을 시작으로 해서 1번부터 21번 카드까지 각각 제목이 있는 22장의 카드를 의미합니다. 이 카드들은 쉽게 말해 인간의 일생을 22장의 카드로 나누어 놓았다고 생각하면 될 겁니다. 마치 인생을 22등분하여 인생의 이벤트를 카드에 옮겨 담은 것처럼 말입니다. 설렘, 기쁨, 기다림, 실망, 이별 등 여러 삶의 경험을 카드마다 담아 놓았지요."

"마이너 카드는 4계절이 담겨있는 카드입니다. 4개의 조는 봄을 뜻하는 완즈(Wands), 여름을 의미하는 컵(Cups), 가을을 의미하는 스워드(Swords), 겨울을 의미하는 디스크(Disks)로 나누게 됩니다.

만일 타로카드를 뽑았을 때 마이너 카드에서 어떤 조가 주로 뽑혀 나온다면 그 조의 성향이 반영되고 있다고 받아들이면 될 겁니다.

그럼 각 조별 성향을 알아보기로 하죠. 먼저 타로카드를 하시는 분들은 '조'라고 하지 않고 슈트(Suit)라고 한답니다. 뜻은 한 벌 혹은 한 조라는 의미지요. 우리도 타로카드를 배워서 쓸 수 있는 사람이니까 그냥 슈트라고 명칭을 통일하지요. 그럼 4개의 슈트 성질을 간단히 살펴봅시다. 먼저 계절을 느껴보세요. 이 세상의 모든 규칙은 다 자연에서 발견된 것이랍니다. 4계절의 느낌을 한번 각각 머릿속에 떠올리고 단어를 만들어 보세요. 어떤 말들이 있을까요?

봄, 여름, 가을, 겨울. 자~ 적어 보세요."

*다음에 나오는 표를 채워 보세요.

계절	슈 트	단 어
봄	완즈 ♣	
여름	컵 ♥	
가을	스워드 ♠	
겨울	디스크 ♦	

(스스로 채우기)

스스로 위의 칸을 채웠다면 아래에 기본적인 각 슈트별의 성향과 어떤 부분이 일치하고 어떤 부분이 다른 지 살펴보도록 하세요.

"완즈는 봄으로 인간의 삶 속에서 아직 미숙한 시기로 분류됩니다. 그래서 실수에 관대하죠. 봄! 신입생, 학생들이 떠오르고 좀 더 의미를 확장시키면 아직 청소년기를 벗어나지 못한 사람들입니다. 경험이 부족한 사람들이죠. 그들은 세상 물정을 잘 모르기 때문에 호기심이 많고 창조적입니다. 감정 조절이 서툴고 흥분하기도 잘하죠. 다른 사람들과의 대화에서도 자기주장을 내세우고 성격이 급하다는 말을 많이 듣습니다. 하지만 순수하고 밀어붙이는 열정이 있습니다. 영화 '페임'에 나오는 스타일이죠."

"컵은 여름입니다. 여름 하니까 바캉스가 떠오르네요. 젊은 친구들 특히 연인들에게는 너무나 좋은 계절이죠. 사랑을 속삭이기 좋고 비가 오면 추억을 되살리기 좋은 때입니다. 의미를 확장시키면 감정적인 시기를 나타내고 본능적으로 새로운 가정을 만들기에 충실한 때입니다. 때로는 너무나 감정적이어서 논리적이고 합리적인 결정을 내리기 힘든 때이죠. 사랑과 이별을 경험하며 성숙해지는 때입니다."

"**스워드는 가을**입니다. 새로운 각오를 다지게 되고 어떻게 살아야하는가 다시 한 번 떠올리는 시기이죠. 현실적인 눈으로 세상을 바라보게 됩니다. 올바른 판단을 내리려고 노력하죠. 더 이상의 실수를 해서는 안 되는 시기입니다. 가장 많은 책임이 주어지고 이성적인 판단을 하며 살아야 합니다.

인생의 어느 시기일까요? 네, 결혼한 분들은 알겁니다. 결혼과 동시에 어른이라는 타이틀과 부모라는 역할이 생기며 책임지고 살아야할 부분들이 넘쳐나게 되죠. 결혼 전의 감정적인 사고와는 거리가 멀어지게 됩니다. 나만을 위해 살던 시기가 지나고 나보다 더 소중하고 지켜야할 것들을 위해 자제심을 배우죠. 그래서 스워드의 카드들은 논리와 절제라는 단어가 자주 나온답니다."

"**디스크는 겨울**입니다. 완즈, 컵, 스워드 단계를 충실히 잘 넘긴 이들은 풍요로운 시간을 보내지만 결과가 그리 좋지 않은 이들은 물질적인 어려움을 겪을 수 있는 때입니다. 이때는 새로운 시작보다는 지난 경험을 바탕으로 완즈나 컵, 스워드 단계의 사람들에게 조언을 해줄 때인 것입니다. 완숙함이 묻어나고 삶을 살아온 흔적이 얼굴에 고스란히 드러나는 때가 바로 디스크입니다.

좀 더 의미를 확장시키면 현재 삶의 결과물이 구체적으로 드러나는 것이라고 알면 될 것입니다. 몸으로 체험하는 감각기관과 관련된 것은 디스크에서 자주 드러납니다."

"이렇게 4개의 슈트별 성향을 알아보았습니다. 여기서 우리는 인생을 다루었지만 생물학적인 나이로는 다루지 않았다는 사실을 인식하시기 바랍니다. 왜냐하면 점점 이 사회는 나이는 숫자에 불과해지고 있기 때문이죠.

한 예로 결혼에 적령기가 사라지고 있습니다. 학생의 나이 또한 무시되고 있습니다. 대체 우리가 나이로 규정지을 수 있는 게 어떤 것이 있을까요?'

"한번 인생을 음미하며 각자 받아들이시기를 바랍니다. 질문 있으시면 말씀하세요."

아마 머릿속이 정리된다는 느낌이 가장 적절한 표현인 것 같았다. 반론할 것은 없었지만 '인식'이라는 말이 좀 거슬렸다. 자주 쓰는 표현은 아닌데 정확하게 어떤 의미로 쓰인 말일까? 그래서 난 '인식'이 무엇인지 물었다.

"인식이라는 표현을 전 참 좋아합니다. 쉽게 말해서 원래 늘 가까이 하고 있었지만 깨닫지 못하고 의미 없이 했던 것들을 알아차리는 것을 말합니다."

그럼 내가 무의식적으로 긴장하면 손톱을 뜯는 것을 알아차리는 것이 '인식'일까? 아마도 그런 거겠지? 그럼 내가 손톱을 뜯을 때는 긴장하고 있다고 알아차리면 되는 거구나!

난 이런 느낌을 좋아한다. 점점 똑똑해지는 느낌! 난 지적인 여자니까.

타로카드와
심리학적 성향이 많이 비슷해요!

"앞에서 말한 슈트별 성향에 대해 이해가 되시나요?"

그때 심리학자인 담원님이 입을 열었다.

"마자 샘이 이야기한 부분은 심리학에도 있답니다. 융의 심리학에서 융은 일반적인 태도상에서 보는 유형으로 수줍고 비사교적인 태도를 내향적 태도라 하고 사교적이고 활달한 사람의 태도를 외향적 태도라 구분한답니다.

이런 태도를 나누는 기준은 내향형은 자신을 지키는 데 더 적극적이며 외향형은 외부의 객체를 따르는데 적극적이며 자신을 소홀히 하는 경향이 나타나는 것으로 구분합니다. 이러한 태도에서 각각 정신적인 면에서 4가지 기능으로 나누게 되는데 이것이 타로의 슈트별 성향과 유사점을 보이는 군요. 그것은 바로 직관, 감정, 사고, 감각으로 표현한답니다. 좀 어려운 이야기인가요? 하지만 타로수업에서 심리학적인 유사성을 발견하다니 상당히 흥미롭게 느껴지네요."

마자 샘은 고개를 끄덕이며 말했다.

"담원 선생님 그런 설명은 자주 해주시면 좋을 것 같아요. 사실이 수업은 타로카드를 배우는 시간이지만 그보다 중요한 사실은 타로카드를 현실에서 어떻게 사용하고 받아들이며 타인에게 어떤 관점으로 전달할 것인가 입니다. 아무래도 심리학적인 배경지식을 알면서 상황을 객관적으로 바라보고 논리적으로 전달하는데 많은 도움이 될 것 같아요. 앞으로도 종종 부탁드립니다."

난 이런 지적인 분위기 참 좋아한다. 그럼 난 교수님 하고 동기가 되는 건가? 멋진 걸! 우후!

잘 기억해야지. 융 심리학? 내향적 태도와 외향적 태도라고? 그럼 난 어디에 속할까? 아마도 난 마음은 내향적이고 싶지만 외향적 태도일지도 몰라! 사실 난 좀 팔랑귀니까. 전에 아파트 분양받은 것도 아는 언니가 그렇다니까 같이 한 거지. 내가 좀 순수해서 그래. 점집 가서 물어보는 것도 그렇고 난 내가 판단하고 결정 내리는 일을 조금 어려워하는 것 같아. 그럼 난 외향적 태도를 가지고 지적이고 논리적인 사람이니까 정신 기능면에서 사고형인가? 아니 먹고 즐기는 것은 감각에 해당하나? 난 뭐지? 솔직히 고백건대 난 내향적인 사고형이고 싶다. 하지만 사실은 외향적 감각형일 확률이 높은 것 같다.

그렇다면 난 타로카드에서 디스크 유형이 많은 사람인가? 내가 생각해도 내가 너무 똑똑한 것 같아 소름이 돋는다.

오늘 수업은 이렇게 끝이 났다. 다음 주는 타로카드의 숫자에 관해 수업한다고 했다. 아~수업이 기다려진다. 근데 고등학교 때는 공부가 이렇게 재미있는 줄 왜 몰랐을까?

그때 요 정도만 했어도 난 서울대 갔어!

수비학(數秘學)이 뭐지?

"말 그대로 수의 비밀을 공부하는 학문입니다. 수(數)하면 피타고라스를 빼고 말할 수 없습니다. 피타고라스학파에서는 현실을 이해할 수 있는 규칙을 수에서 찾았다고 하였습니다. 결국 나중에는 권력 있는 종교 단체가 되죠. 그만큼 그의 주장이 당시에는 타당했기 때문이었겠지요. 모든 것이 변하기 마련이듯이 처음의 학문적 순수성을 잃어가며 세속적인 권력의 면모가 강해지며 변질되기도 했지만 그의 수학적인 업적은 대단한 것이었답니다. 지금 제가 여러분께 드리는 프린트는 피타고라스에 대한 이해를 돕기 위한 것입니다."

– 마자 샘이 준 프린트 내용 –

철학
피타고라스는 우주론, 수학, 자연과학, 그리고 미학을 하나의 매듭으로 묶어 이 세계를 단 하나의 법칙에 지배되는 정돈된 전체로 입증하려 하였다.

수학 / 수론
피타고라스는 만물의 근원이 숫자라고 주장했다. 피타고라스학파는
무한 앞에서, 그리고 한계 지을 수 없는 것 앞에서 일종의 신성한 공포를
느꼈다. 그래서 현실의 경계를 정하고 질서를 부여하며, 현실을 이해할 수

있는 규칙을 숫자에서 찾았다. 우주에 대한 미학적-수학적 전망은 이렇게 피타고라스에 의해 탄생되었다.

화음론

피타고라스는 음향학자이기도 했다. 그는 영혼의 정화가 음악의 목적이라는 설을 주장하고 음의 협화를 현의 길이의 비례로 설명한 것으로도 유명하다. 그러나 자기 자신은 저작을 남기지 않았으며, 이른바 피타고라스학파의 사람들에 의해서 이러한 이론이 후세에 전해졌다. 또한 순정5도(純正五度)를 반복하여 겹친 음률을 피타고라스의 음계라고 한다. (음악에 있어서 피타고라스가 정리해 놓은 부분이 크다고 합니다. 음악의 효용성에 관한 정의도 했고, 음계가 나눠지는 것도 수학적인 피타고라스의 이론에 의한 부분이 크죠. ; 아딸라의 주)

미론(美論)

피타고라스는 "조화는 미덕이다. 건강과 모든 선 그리고 신성 역시 마찬가지이다. 결과적으로 모든 사물들 역시 조화에 따라 구성된다."고 하였다.

채식 및 금욕주의

피타고라스 종교의 주요 교리는 두 가지로 요약된다. 하나는 영혼의 윤회를 믿는 것이고, 다른 하나는 콩을 먹는 것을 죄악시하는 것이다. 놀랍게도 이 종교는 국가의 관리권을 획득하였고, 성인들의 규칙을 세웠다. 그러나 갱생되지 못한 사람들이 콩을 동경하는 바람에 반역을 저질러서 그렇게 오래가지는 못했다. 피타고라스 종교결사의 규칙은 다음과 같다.

콩을 멀리할 것
떨어진 것을 줍지 말 것

흰 수탉을 만지지 말 것

빵을 뜯지 말 것

빗장을 넣지 말 것

철로 불을 젓지 말 것

한 덩어리 빵을 뜯어 먹지 말 것

화환의 꽃을 뜯지 말 것

말 위에 앉지 말 것

심장을 먹지 말 것

공로를 다니지 말 것

불빛 곁에서 거울을 보지 말 것

제비로 하여금 사람의 지붕을 나누어 쓰지 못하게 할 것

냄비를 불에서 꺼냈을 때 재 속에 냄비자리를 남겨두지 말고 그 자리를 저어서 없앨 것

침상에서 일어날 때는 침구를 말고, 주름을 펴 잠자리의 흔적을 남기지 말 것

영혼의 윤회사상

피타고라스에 따르면 혼이란 일시적인 현상이 아닌 불멸하는 실체이며, 몸이 소멸할 때마다 혼은 다른 동물의 몸 속으로 들어간다. 이를 혼의 전이설이라 한다.

피타고라스학파의 철학자

피타고라스는 자기의 정통후계자를 피타고리오(Pythagoreioi)라고 부르고 그를 따르는 자를 피타고리스타이(Pythagoristai)라고 불렀다. 이 학교에서 공부를 마친 학생들에게는 공공활동 참여가 권장되었다. 유명한 졸업생은 코스의 히포크라테스, 헤라클레이데스, 필롤라오스, 아르퀴타스 등이다. (출처:ko.wikipedia.org/wiki/피타고라스)

"프린트를 보고 어떤 것을 느꼈나요?"

사실 철학, 수학, 화음론, 미학 이런 분야는 멋있게 느껴지고 뭔가 있을 것 같다는 생각이 들었지만 채식과 금욕주의 내용을 보고는 웃고 말았다. 콩을 먹지 말라니……. 종교결사의 내용이 너무 황당해서 만일 내게 그 규칙으로 세상을 살라고 하면 차라리 자수하고 감방에서 사는 것이 나을 것 같았다. 자꾸 머릿속에는 한 덩어리의 빵이 안 되면 두 덩어리는 먹어도 되는 거야? 이런 생각들이 날 괴롭혔다. 난 할 말이 없다. 잘 모르니까! 하지만 이런 내용이 왜 필요한 걸까?

"수(數)란 이런 종교를 만들어 낼 정도의 힘이 있었다는 거죠. 얼마 전에 '선덕여왕'이라는 드라마에서도 사다함의 매화라는 달력이 나옵니다. 그것은 암호화된 이름이고 사실은 책력이라 하죠. 책력이란, 일종의 천문지리서입니다. 달력과 비슷한 거죠. 거기에는 별들의 현상을 기록하여 24절기를 찾을 수 있는 귀한 책이었습니다. 지금은 쉽게 그 절기를 찾았지만 정보가 부족하고 농경을 주로 하는 그 당시에는 최고의 권력층에서만 가지고 있던 비장의 무기인 셈이죠. 하늘의 말을 전달하는 자가 되는 거니까요. 그 드라마에서는 신권과 왕권의 대립 구도로 나오지요. 사실 그들은 혈연관계입니다."

"이것은 수비학이 얼마나 종교화 될 수 있는지를 아니 얼마나 점스러울 수 있는지를 보여주는 대목입니다. 사실 별들을 관찰하기 위해서는 기하학이 발달할 수밖에 없어요. 기하학은 별과 별사이를 연결하여 도형화시키고 그것을 가지고 넓이나 거리 측성은 물론 나아가서는 별들의 궤도를 산출할 수 있기 때문입니다. 그것을 자연에

직접 적용하고 농사짓는 시기를 알려주어 어떤 인간이 권력을 획득하는 하나의 도구로 쓰였다는 거죠. 이렇게 동서양을 막론하고 수가 현실에서 얼마나 신비로운 부분이 되는지 그것을 말하고 싶은 겁니다. 또한 인간 관계를 설명할 때도 숫자는 쉽게 적용될 수 있답니다. 우리는 사람의 관계를 설명하는 수를 공부하게 될 것입니다."

수가 신비할 수도 있군. 하긴 어렸을 때 이름을 가지고 획수를 찾고 누가 누구랑 잘 맞는지 그런 것도 했던 것 같은데 그럼 그것도 일종의 수비학이었구나!

타로카드를 배우는데 알아야 할 것도 많구나. 학창시절에 이 정도로 내가 공부를 했더라면…….

"그럼 타로카드에서 쓰이는 수비학을 배워보도록 하겠습니다. 먼저 마이너카드에서 사용되는 숫자는 1번부터 10번까지 사용됩니다. 그리고 메이저카드에서는 0번과 1번부터 21번까지의 숫자가 사용되죠. 그럼 그 숫자들은 어디서 나온 걸까요? 일단은 숫자마다 의미를 배우고 나서 그 숫자가 나오게 된 배경을 살펴보도록 하겠습니다."

"숫자 1부터 의미를 간단히 살펴보지요."

1 : 순수함, 새로운 시작.

2 : 관계, 이중성, 양자의 균형.

3 : 종합, 협력, 불안감, 확장, 수행, 검(Swords)은 협력의 관계가 아님.

4 : 토대, 안정성, 현상, 정지.

5 : 변화, 불안정성, 고통을 동반한, 이겨낼 수 있는 변화.

6 : 완성, 이상주의, 완벽함, 성공적으로 변화를 마침.

7 : 큰 변화, 막을 수 없는 변화, 각성, 새로움에 눈뜸, 전망, 통찰력이 가져다주는 변화.

8 : 조직화를 통한 상황에 대한 지배, 통제, 자유로운 분리, 새로운 조직화, 구조조정.

9 : 각 슈트의 최대 강도.

10: 모든 과정을 거치고 난 뒤의 완숙도, 숙달, 경험.

마자 샘은 화이트보드에 이렇게 썼다. 간단한 말들이지만 숫자를 이런 관계식으로 표현할 수 있는 것이 신기했다. 이것은 내가 알아도 몰라도 살아가는 그런 것이니까? 그렇다. 세상엔 정말 내가 모르는 것들이 많은 것이다.

"여러분들은 대체적으로 어떤 숫자를 좋아하세요? 각자 이야기해 볼까요?"

한 명씩 돌아가며 이야기 했다. 난 참고로 7을 좋아한다. 두 번째는 3······.

그러자 일명 프란체스카 언니가 웃음 띤 얼굴로 나로서는 도저히 흉내 낼 수 없는 목소리로 말을 꺼냈다.

"전 4하고 9 좋아해요. 몸서리치는 4월이 좋아서 좋고요~ 맘껏 자연을 헤매고 싶어서 9월이 좋아요~"

많이 독특했다. 난 보험설계사라서 많은 이들을 만나지만 이렇게 독특한 인물을 여기서 만나다니……. 난 개인적으로 정장을 좋아한다. 전문적으로 보이고 깔끔하고 프로같아 보이는 그런 스타일을 좋아하는데… 여기선 선생부터 해서 그런 전문성이 보이지 않는다. 특히 이 프란체스카 언니는 검정 드레스 같은 의상에 대체 저 헤어스타일은 어떻게 한 건지…….

저 나이를 잊은 듯한 뽀얀 피부… 혹시 진짜 뱀파이어 아냐? 게다가 저 봄나들이 같은 문장은… 난 다시 실감했다.

'내가 참 곱게 자랐어!'

"보통 우리나라 사람들은 1, 3, 5, 7 같은 홀수를 좋아하는 거 같은데요. 전 개인적으로 9를 좋아합니다만……."

유일한 청일점 조 선생이 말했다. 그는 말도 별로 없고 참 점잖은 스타일인 것 같다.

"전 8을 좋아해요. 8이란 숫자는 뫼비우스의 띠처럼 무한대의 느낌이 들어있는 것 같기도 하고 균형감도 있고요. 중국에서는 행운의 숫자라 하더군요."

담원선생도 낭랑한 목소리로 자기의 의견을 말하였다.

"전 행운의 7 좋아해요, 그리고 3도 좋고요."

"네 우리나라는 역사상 많은 침략과 전쟁이 있었지만 잘 이겨내고 헤쳐 왔습니다. 그런 사실에 근거 자료가 될 수는 없지만 사실 조 선생님 말처럼 홀수를 좋아하는 민족이라는 것은 맞는 말입니다. 홀

수라는 숫자는 짝이 안 맞는 숫자라는 뜻도 되지요. 그래서 계속 스스로 발전하게 됩니다. 불안정하니까 안정을 찾으려 하는 거죠.

여기 써놓은 수의 의미에서 홀수가 의미하는 것은 시작, 확장, 변화, 각성 등의 표현이 쓰이고 있는데 이것은 안정이라는 느낌과는 거리가 먼 것들이죠.

그에 반해 짝수의 의미를 보면 안정감도 있지만 균형과 조직, 완성이란 표현들을 씁니다. 약간 구조적이라는 느낌도 드는군요. 그럼 좋아하는 숫자가 나의 무엇을 표현할 수 있을까요? 앞서 우리는 동시성에 관해 잠시 살펴보았습니다. 그럼 자신이 좋아하는 수를 칠판에 적힌 의미와 비교해 보세요. 어때요?'

난 7과 3을 좋아한다. 7은 큰 변화고 3은 확장도 되지만 불안감이란 단어가 내 뇌리를 스쳤다. 가만 돌이켜 보면 난 안정감을 추구하며 살고 있었다. 언제나 미래를 생각하면 불안했고 실적이 조금만 나빠도 무엇엔가 쫓기듯 두려워했었다. 항상 난 달리고 있어야 맘이 편했다. 그럼 어느 정도 맞는 건가? 난 지금까지 나도 모르는 그런 규칙들에 적용받고 있었던 거야? 동시성인지 뭔지 그런 거?

"그럴지도 모르겠네요. 8을 좋아해요. 전 한평생 병원과 학교에 있었기 때문에 조직 속에 살았다고 봐야죠. 하지만 제게는 그것이 새로운 구조 조정과 같은 것이었습니다. 내담자(來談者)들을 만나고 심리상담을 통해 그들의 새로운 삶을 만드는 과정을 도와주는 작업을 했으니까요."

담원님도 그렇게 느꼈구나!

"저도 맞는 것 같아요. 전 4와 9를 좋아하는데 어떤 현상이든지 최고로 느끼는 것을 좋아하거든요!"

역시 남다른 프란체스카 언니!

"그럼, 9는 가득 채워졌다는 말인가요? 최대 강도가 뭐죠?"

조 선생이 말했다.

"최대 근사치에 가깝다는 말이지요. 이제 곧 끝을 맺을 준비가 되었다는 의미이기도 하구요. 하나의 사건이나 상황이 마지막으로 치닫는다는 의미일수도 있습니다."

우리는 각자 자기의 숫자에 자신을 대입하고 자신의 지나온 삶을 빠르게 스캔해 갔다.

그러니까 결국! 수비학이란 수에 담겨진 인생의 의미 같은 것이로구나!

타로카드와 숫자

"앞서 살펴본 숫자들의 간략한 수비학적 정의와 타로카드에서 사용되는 숫자들의 의미를 풀어내 보는 시간을 갖겠습니다. 타로카드는 각 슈트 별로 성향이 있다는 것을 앞서 배웠습니다. 우리는 그 성향과 더불어 완즈, 컵, 스워드, 디스크의 개수로 표현되어지는 숫자가 무엇을 의미하는지 알아야합니다. 완즈, 컵, 스워드, 디스크가 1개씩 있을 때는 어떤 의미가 있을까요?"

1 : 순수함, 새로운 시작

우리는 마자 샘이 보여주는 카드를 눈여겨보았다.

막대기는 완즈이고 컵은 그냥 컵이고 스워드는 칼, 디스크는 둥근 원 모양이었다. 카드에는 각각 한 개씩 그려져 있었다. 한 개는 어떤 의미가 있을까? 학생들은 서로 눈치를 살폈다. 나이 먹어 하는 공부라 쉽지 않았고 살면서 한 번도 전혀 생각해 보지 않은 문제라 말문이 막혔다.

어디 가서도 서로 말 못한다 소리를 듣지는 않았을 사람들인데 누구도 쉽게 말문을 열지 못했다.

"그럼 이렇게 생각해 보도록 할게요. 완즈 에이스는 어린 시절 순수했던 나를 느껴보면 되고요. 컵은 연애시절 순수한 감정의 상태를 느껴보시면 됩니다. 스워드는 결혼 후 현실감을 가지고 살아야 하는 상태를 기억해 내시고 디스크는 한 가지 일을 마무리 지었을 때를 생각하면 됩니다. 에이스 즉 1이라는 숫자는 '순수함'이라는 의미가 담겨있어요. 뿐만 아니라 시작을 나타내지요. 그러니 **완즈 에이스**의 카드를 이해하기 위해서는 완즈의 호기심, 기대감, 창조적 성향을 이해하고 거기에 에이스 즉 순수함이나 시작이라는 의미를 합성하여 카드를 풀어내면 된답니다. 그러니 간단히는 **충동적인 상태**라고 표현되기도 하고 **기대감이 생기는 상태**라고도 해석이 된답니다.

여기서 조금 더 깊이 있게 유추하면 어린 시절에는 경험이 없는 상태이기 때문에 성공과 실패에 대해 조금은 관대한… 이라는 배경을 깔아 주면 좋겠죠.

그렇다면 컵은 어떨까요? **컵 에이스**는 컵에 감정이 채워진 순수한 상태라고 생각하면 되겠죠. **감정이 충만한 상태**의 시작, 사랑이 싹트는 중일까요?

다음은 **스워드 에이스**를 유추해 보세요. 스워드는 합리적이고 논리적인, 에이스, 시작되는 좀 더 쉬운 말로 하면 **순수하게 이성적으로 판단**하는 이라는 뜻이 생깁니다.

끝으로 **디스크 에이스**를 보면 디스크는 물질적인 결과를 나타낸다면 에이스가 함께 하면서 순수하게 결과가 구체적으로 드러나는 이런 뜻도 가능하답니다. 여기서 의미를 확장한다면 **순수한 결과에 의해 의식이나 신념이 변할 수 있다**는 뜻으로 이해할 수 있어요."

4개의 슈트의 성향과 숫자의 의미가 결합된 형태로 10번 까지 배우겠군. 그럼 카드의 슈트는 사람의 성향을 4가지 종류로 구분해서 나눈 건가? 그 성향을 자연에서 따온 거고… 봄, 여름, 가을, 겨울에 느끼는 느낌이나 상태 등을 접목해서 유형 분류를 한 것이구나! 대충 알 것 같은 느낌이 든다.

"그럼 2와 관련된 카드들을 보도록 하겠습니다.

2 : 관계, 이중성, 양자의 균형

완즈 2, 컵 2, 스워드 2, 디스크 2… 카드의 그림을 잘 살펴보세요. 각각의 카드의 그림은 2개씩 사물이 존재하죠. 2라는 의미가 어떻다고 했었죠? '관계, 이중성, 양자의 균형'이라고 했나요?

자~ 그럼 카드에서 그 단어들과 어떻게 어울리는지 유사점을 찾아보도록 합시다.

일단 완즈 슈트의 성향을 인식하고 다시 어린 시절로 돌아갑시다. 어린 시절에 나와 친구 둘이 있을 때를 기억해보세요. 어렸을 때는 순수해서 나와 다른 아이들과도 종종 친구가 되었지요. 조금 가난하고 못살아도 나와 다른 존재를 비판하는 게 아니라 단지 그저 받아들였지요. 어른의 시각에서는 입은 옷차림만을 봐도 형편이 어떨지 알아서 웬만하면 공부 잘 하고 잘 사는 아이와 친구가 되기를 원하지만 그것은 세상을 살아온 어른들의 생각이랍니다. 어렸을 때 '삐삐롱스타킹'[4]을 기억하시나요?

사실 그 아이는 옷차림에서 말투까지 다른 아이들과 많은 차이점을 보입니다. 하지만 삐삐는 다른 아이들에게 새로운 경험과 모험을 선물하죠. 얼마나 즐거운가요? 그들 사이에는 나름의 정의도 있고 우정도 있답니다. 이렇게 자란 아이들과 요즘 아이들을 비교해 본다면… 어떠세요? 확실한 것은 어려서부터 우리 아이들은 사회적 다양성을 경험하지 못하고 마치 '이퀄리브리엄'[5]에 나오는 사람처럼 자라나고 있다고 생각합니다만… **완즈 2는 나와 다름을 받아들이고 인정하는 관계**입니다. 실생활에서 이 카드가 뽑히게 되면 '마치 아이들처럼 내가 생각지 못했던 다른 제안을 함께 검토하고 있는 중'

---

4) 삐삐롱스타킹 : 1958년 '어린이책의 노벨상'이라고 불리는 한스 크리스티안 안데르센 상을 받은 스웨덴 태생의 동화작가 아스트리드 린드그렌의 작품.
5) 이퀄리브리엄 : 2003년도 미국 액션, SF 영화, 감독커트 위머.

으로 해석할 수 있죠. 만약 '그가 절 어떻게 생각할까요?' 이런 질문을 한다면 '나와 또 다른 호기심 생기는 존재' 라는 의미가 부여될 수 있겠죠…….

타로카드를 잘 하는 방법은 사고의 유연함이랍니다. 이런 사고의 유연함은 타인을 이해하는데 많은 도움을 주지요. 잘 안되더라도 연습해 보도록 하세요. 우리는 타로카드를 배우고 아직 완즈 단계에 머물러 있기 때문입니다.

컵 2는 젊은 시절에 두 사람 사이의 관계를 말합니다. 여러 종류의 관계가 있지만 아무래도 사랑의 관계가 가장 중요하지 않을까요? 컵은 여름을 의미하며 감정적 활동이 왕성해지는 계절이랍니다. **컵은 바로 감정을 담는 그릇**이죠. 두 개의 컵은 바로 감정의 교류를 나타냅니다. 두 사람의 마음이 통하는 거죠. 가장 사랑하기 좋은 때는 바로 컵, 즉 여름이랍니다. 뿐만 아니라 사고를 확장시키면 두 개의 컵이 존재하는 상황은 좋은 동업자 관계나 마음이 잘 맞는 파트너가 있을 때 주로 나오는 카드랍니다.

스워드 2는 좀 더 나이를 먹었거나 책임질 것이 많아지는 상황이 되었다는 것을 암시합니다. 앞에서는 결혼 후라고 말했지요? 그것은 제가 이해를 돕기 위해 강하게 어필한 것이랍니다. 자 그럼 결혼 후라고 가정 하지요. 결혼 전과 결혼 후에 사람들을 만나는 모임의 스타일들이 변합니다. 일단 새로운 누군가를 만나도 완즈나 컵의 상황처럼 순수하게 즐기며 만나는 모임은 좀처럼 많지 않아요.

사실 어떤 목적에 의해 사람들을 만나는 경우가 훨씬 많죠. 이웃에 산다 하더라도 우리는 원하던 원치 않던 가정과 가정 사이의 비교 아닌 비교를 하는 때이기도 합니다. 그래서 상투를 틀고 어른이 되었다 해도 이때가 인간 관계가 가장 힘든 때이기도 하죠. 치열하게 삶을 괘도에 올려야 하는 시기니까요. 그래서 칼 두개가 놓여 있는 이 상황은 그리 편하지 않아요. 이 카드는 이렇게 말하는 것 같아요. '날 건들지 마셩~'

디스크 2는 스워드의 단계를 지나 결과가 나타나는 단계입니다. 인생으로 비유해보면 이제 아이들을 키워 놓고 자신만의 시간을 가질 수 있는 단계이죠. 누구나 풍족하다고는 할 수 없습니다. 삶의 결과물이 드러나고 누가 개미인지 베짱이인지 나누어지게 되며 우리는 결과에 순응할 수밖에 없으니까요. 여기서 2라는 숫자는 서로 필요한 것을 나누는 관계입니다. 삶의 연륜에서 오는 여유와 경험에서 알 수 있는 적당한 교류를 나타내지요. 서로 필요한 관계가 되고 자연스럽고 부드럽습니다. 쉽게 주위에서 찾아보면 어른들이 친구 모임에 나가면 누가 정하지 않아도 한 번은 누가 밥을 사고 다음은 누가 사고 이런 식으로 서로 알아서 즐거움을 나누는 단계라고 할 수 있죠. 어때요? 이해가 되나요?"

난 지금까지 숫자 1과 2를 배우는 데 이렇게 많은 시간이 걸릴 줄 몰랐다. 게다가 이런 철학적인 의미가 들어 있을 줄이야. 난 깨달은 것이 있다. 세상 사람들도 내가 살아온 인생만큼이나 힘들게 살고 있다는 사실이다. 그럼 타로카드 기원이 얼마인지는 모르지만 그 옛날 사람들도 이렇게 느끼고 살았단 말이야? 놀랍다!

"다음은 타로카드 3을 배워 보겠습니다. 3이란 숫자… 이렇게 생각해보지요.

3 : 종합, 협력, 불안감, 확장, 수행, 검(Swords)은 협력의 관계가 아님

완즈 단계부터 디스크 단계까지 모두 세 사람이 모여 있다고 생각하는 겁니다. 완즈 때 셋이 모이면 어땠나요?"

그때까지 말 없던 점잖은 청일점 조 선생이 말을 꺼냈다.

"애들은 보통 싸우죠. 한 놈이 맞고 두 놈이 때리고 도망가고 안 그런가요?"

프란체스카 언니도 말했다.

"엉~ 전 무척 재미있었는데… 삼총사처럼 꼭 붙어 다녔던 것 같아요."

난 어땠지? 속으로 생각해보았다. 그 때 난 갑자기 마늘 까기 아르바이트가 생각났다.

당시에 학교에는 마늘 까는 아르바이트가 유행이었다. 당시에 10kg짜리 한 망을 까면 2천 원인가를 주었었는데 30년 전에는 꽤

큰돈이었다. 다른 아이들이 마늘 깐다고 나와 놀아주지도 않고 당시에는 그것이 붐이었기에 나도 대세를 따르기 위해 한 망을 받아서 집으로 왔다. 그리고 큰 빨간 대야에 물을 붓고 마늘을 담가 놓았다. 어디서 본 건 있어가지고……

마늘 까는 것은 쉽지 않은 일이었다. 초등학생 고사리 손으로 한 망을 까는 것이 쉬웠을까… 마늘을 까다가 학교를 가고 매일 마늘을 깠지만 점점 마늘의 양은 줄지 않는 것 같았다. 그런지 며칠이 지났을까 마늘에서 새싹이 솟아나고 있었다. 난 두려웠다. 이러다가는 어쩜 돈을 물어 주어야 할지도 모른다는 불안감이 날 덮쳐오기 시작했다. 난 울기 시작했다. 온 가족들이 무슨 일이냐며 내게 모여들었고 이야기를 들으신 할머니 할아버지는 '공부나 할 것이지' 하며 칼과 숟가락을 잡으셨다. 우리는 힘을 합쳐 그 날로 불어 터진 마늘을 다 깔 수 있었다. 그리고 싹이 자라 다 파내고 나니 너무도 적어진 마늘을 들고 마늘공장에 갔다. 그러자 자초지종을 들으신 아저씨는 내가 불쌍해 보여서 그랬을까? 그냥 2천 원을 주었다. 난 그 기억을 잊을 수 없다. 지금도 난 마늘 까는 게 싫다.

"지금 말하거나 생각한 것은 여러분의 유년 시절의 기억일 겁니다. 사실 대부분의 아이들은 처음 만나면 그냥 잘 뛰어 논답니다. 아이들은 편견이 없고 경험이 없기 때문이지요."

그럼 조 선생님은 맞은 한 놈이었을까 아니면 때린 두 녀석 중 하나일까?

"그래서 **완즈 3**은 **'즐겁게 노는'** 이라는 **의미**가 강합니다. 조금 더 의미를 확장시키면 어린 시절에 친구들과 '우리 자라서 ~하자' 했던 일들을 이루는 경우가 거의 없다는 사실을 알 겁니다. 그러므로 어떤 일을 위해 만나서 즐겁게 이야기를 나누고 모임을 가졌지만 그것은 단발성이 될 확률이 높다는 거죠. 왜일까요?

그건 경험 없는 사람들이 모여서 즐겁게 호기심으로 의기투합한 이야기를 나누었기 때문입니다. 물론 어떤 이는 이렇게 이야기했던 것을 이루는 사람도 있겠지요. 그것은 이 카드와 함께 나온 카드로 리딩하는 것이 더 수월하답니다. 이 카드 한 장의 의미에는 결과까지는 나와 있지 않답니다. 완즈의 의미는 새로운 시작, 호기심, 창의력, 무경험, 성공을 위한 실패라는 의미들이 들어 있기 때문이죠."

"**컵 3은 젊은이들의 사랑 문제와 우정을 주제로 한 카드입니다.** 사실 나이대로 나누는 것 보다 넓게 미혼남녀로 보는 시각이 더 잘 맞을 수 있을 겁니다. 미혼들은 이 시기에 배우자를 만나게 됩니다. 그래서 감정적으로 많이 치우치는 나이가 되죠. 어떤 이는 직장 생활을 하다보면 이성적으로 될 수밖에 없다고 합니다. 그 결과가 뭘까요? 네, 기하급수적으로 늘어나는 독신들입니다. 전 그들을 매도하거나 시기나 과정을 거꾸로 가는 사람들이라 비난하고자 하려는 것이 아닙니다.

요즘에 젊은 미혼 남녀를 상담하다 보면 그들은 제게 금전적인 질문을 많이 합니다. 두 사람 중 한 사람을 선택할 때에도 자신에게 좀 더 편한 삶을 제공할 수 있는 사람을 선택하죠. 뿐만 아니라 지금의 자유롭고 편한 생활을 포기할 생각이 거의 없답니다. 너무 똑똑해진 거죠. 과거에는 결혼에 대한 환상이 존재했지만 지금은 감출 수 없는 인터넷 세상을 통해 너무 많은 것을 알게 된 결과랍니다. 물론 어른들은 자신들의 입장에서 결혼이 자식에 관련해서 최종 책임이라고 생각하지만 이 젊은 세대는 너무 빠른 속도로 변해 버렸답니다.

　이런 문제가 과연 컵의 세대에서만 발생한 것일까요? 아니지요. 완즈 때부터 미래를 계획당한 아이들이 자라서 결국은 지금의 컵들이 된다는 게 문제이죠. 사실 그들은 어쩌면 아직도 완즈 단계인지도 모릅니다.

　어려서부터 자신들이 스스로 실패를 경험하며 어른이 되어가는 과정을 경험해야 하지만 너무 많은 부모들의 간섭으로 인해 실패의 과정이 단축되어 버렸습니다. 그리고 육체만 어른이 되는 거죠. 실패의 긍정적 효과가 사라지고 있습니다. 실패는 교훈을 만듭니다. 그리고 교훈은 책임을 만들죠. 그리고 인내심을 배우게 합니다. 인내심은 삶의 굴곡에서 긍정적으로 세상을 바라보는 힘을 쌓게 하죠. 그러한 과정은 다음 세대로 전해집니다.

　여기서 어른이 개입해야 할 부분은 실패라는 경험을 이겨낼 수 있도록 곁에서 사랑과 관심으로 지켜주는 것입니다. 단지 그것만이 필요할 뿐이지요.”

　난 앞에 있는 마자 샘을 가만히 쳐다보았다. 사실 타로 수업에서 사회비판적인 이런 이야기를 듣게 될 것이라고는 생각을 못했기 때문이다. 나에게는 세 아이들이 있다. 순식간에 세 아이를 키워온 나의 양육 방법이 머리를 스쳐지나갔다. 난 먹고 사는 것이 힘들어서 아이들에게 많이 신경써주지 못해 항상 미안해하는 마음이 있었다.

　특히 첫째 아이가 요구하는 것을 거절하는 게 너무 힘들었다. 너무 어려서 혼자 놓아두었고 그 측은한 마음이 이제 고 3인 아들을 항상 불쌍한 아이로 바라보게 만들었다. 지금도 둘째나 셋째에게 엄마 없을 때 첫째를 부탁하고 싶은 마음이 생기는 것도 문제 있는 엄마의 전형일까?

"참고로 전 유태인식 교육법으로 아이를 키우고 있어요. 유태인들은 아빠가 아이를 교육시킨답니다. 사실 저도 대한민국의 보통 엄마이기 때문에 옆집 엄마에게 교육에 있어서 지고 싶지 않고, 때로는 귀가 얇아서 몇 개의 학원을 보내고 싶은 유혹이 항상 있는 관계로 저보다는 확고하게 아이답게 키우고자하는 아빠에게 아이 교육을 맡기고 있지요. 그래서 학원을 안 보낸답니다.

참 영어학원은 보내고 있어요. 우리나라 뿐만이 아니라 세계를 돌며 자유롭게 재미있게 살려면 영어는 알아야 할 것 같아서요.

저의 신조는 단 한 가지입니다. 아이를 항상 부족하게 키우자! 절대 먼저 필요 없는 것을 선물하지 않기 같은 거죠. 덕분에 우리집 아이는 종이 접기를 매우 잘 해요. 장난감이 없어서 종이로 접으면서 놀았거든요. 우리 어릴 때 생각해 보세요. 모든 생활 소품이 장난감이었고 그래도 재미있지 않았나요? 우리 아이들을 배우는 게 많다고 불쌍하게 생각하지 말고 조금은 옛날 우리처럼 키우는 것도 나쁘지 않은 것 같아요."

그렇다. 요즘 농담 중에 엄마의 정보력과 할아버지의 경제력이 있어야 아이를 잘 키운다는 말이 있다. 정말 대단한 엄마들은 많이 존재하지만 아빠들은 모두 어디에 있는 걸까? 아빠가 아이를 교육한다는 이야기는 잘 들어보지 못했다. 오히려 엄마와 아이가 교육을 위해 해외로 유학가고 기러기 아빠가 되는 경우는 있어도 말이다. 정말 문제는 있다. 정확히 나 별주부는 무엇인가 콕 꼬집어 이야기할 수는 없지만 확실히 문제는 있다. 아주 많이……

"돌아와서 **컵 3**에 대해 이야기를 하자면 보통 대부분이 생각하는 일반적인 상황의 미혼 남녀의 경우 셋이 만나면 어떤가요? 즐겁죠? 그들은 동업이나 함께 하고 싶은 일을 하는 것이 비교적 자유롭습니다. 부양 가족이 없고 **작은 규모로 창업하는 것은 쉬운 일**이 되었습니다. **완즈 3보다는 성공 확률이 높습니다.** 그리고 함께 생각을 공유하고 열정이 가득한 상태입니다. 일적인 면에서는 그렇지만 애정 문제에서는 잠시 고려해 봐야 할 것 같아요. 셋이 연애한다? 조금 수상한 기운이 느껴지나요? 연애에 관한 질문은 삼각 관계일 수 있습니다. 아직 결혼 전이기 때문에 언제든지 관계는 달라질 수 있지요… 이 카드는 내담자가 과연 이 상황을 알고 있는지 모르는 지가 중요 관건입니다. 만일 그냥 호기심으로 '우리 관계가 어떤가요?' 하는 질문을 했다면 아직 내담자가 사랑에 빠진 상태이고 낌새도 눈치채지 못했다면 상담자가 과연 일부러 알려줄 필요가 있을까 하는 것입니다.

예전에 '애정남'이라고 개그 프로에서 결정하기 어려운 상황을 정리해주는 프로가 있던데요. 애정에 관해서는 진실했다면 어떤 이유 없이 마음이 가는 대로가 답이라고 말하고 싶네요. 아직 미혼이고 사랑했지만 그것이 과거형이고 마음이 다른 곳으로 움직였다면 한쪽을 정리하는 것이 옳다는 거죠. 그렇게 정리할 수 있는 기회를 상담자를 통해 예기치 않게 알아버린다면 자연스럽게 정리하는 기회가 사라지고 불신만 가중되는 것뿐이지요. 이런 경우 상대방 마음에 파문을 일으키는 이야기는 하지 않는 것이 좋습니다.

만약 내담자가 이런 상황을 눈치 채거나 알고 왔다면 이 상황을 객관적으로 볼 수 있게 논리적으로 이야기해주는 것이 좋습니다. 이것은 추후 상담 기법에 관련된 장에서 다시 언급하도록 하겠습니다."

그럼 내담자가 양다리일 경우는 어떻게 되는 거지?

"혹시라도 내담자가 양다리일 경우를 생각하시는 분도 있으리라 생각합니다. 그 때는 상담자가 심상치 않은 낌새를 느낀다 해도 그냥 스스로 이야기 할 때까지 모르는 척 해주는 게 좋아요.

이 일을 자신의 능력을 인정받기 위해 하는 경우가 아니라면 굳이 들춰서 좋지 않은 일은 잠시 접어 두는 것도 나쁘지 않기 때문입니다. 생각보다 세상엔 비밀들이 많기 때문입니다."

그래, 마자 샘 신기가 있기는 있어.

"혹시라도 제가 생각을 읽고 있다고 생각하시는 분은 이런 현상이 바로 동시성이라고 말씀드리고 싶네요……."

난 표정 관리에 들어갔다. '그래, 동시성… 맞아, 마자.'

"스워드 3은 앞서 배운 수비학에서 '검은 제외한다.' 라고 한 부분에 해당한답니다. 다른 슈트에서 3은 어떤 협력의 관계를 보이고 있습니다. 물론 애정에 있어서 협력의 관계는 불화를 낳지만… 스워드에서는 성인이 되어 세 사람이 모인 경우를 뜻하죠. 시기적으로 기혼이 되고 식구들이 늘게 되면 많은 책임이 뒤따르게 됩니다. 물론 경제적으로도 가장 위태로운 시기이기도 하죠. 그래서 모이면 뭐

잘 되는 일 없는지 서로 물어보고 부업이나 투자처를 찾기도 한답니다. 그러다가 사람과 사람 사이에 벌어지는 웃지 못할 해프닝들이 종종 일어나게 되죠. 그러면 맘을 다치거나 배신과 같은 일이 생기곤 하죠. 바로 **이런 사람 사이의 분열, 문제 등**의 의미를 담고 있답니다."

그러고 보니 사람이 성장한다는 의미에는 아픔을 견디고 이겨낸다는 의미가 들어있는 것 같다. 적어도 내 경우에는 말이다. 결혼 후에 겪었던 시댁 문제, 사업 실패, 직장 내의 스트레스들을 겪고 오늘의 내가 존재하지 않는가? 난 결혼 전과 비교해서 정말 많이 성장한 것 같다.

"디스크 3을 보도록 하겠습니다. 디스크는 슈트의 정의가 결과적인 것이고 물질적인 것이라 했습니다. 계절로는 겨울을 뜻하지요. 인생으로는 후반을 의미합니다. 3의 수비학적인 의미는 협력, 확장, 불안정한이라는 의미가 있는데 디스크 3을 이 의미들로 결합하면 어떤 조합이 있을까요? 나이라는 것은 거의 경험과 비례하고 있습니다.

나이가 든 노년이라는 의미를 조금 더 확장시킨다면 **'경험이 많은 사람들이 협력하는'** 이라는 의미도 가능하고 **'물질적으로 풍부한 사람들이 협력하는'** 이라는 뜻도 됩니다. 여기서 비교해야 할 점은 완즈와 컵과 디스크의 차이점이지요. **완즈는 경험 없는 어린 사람들의 모임이라서 순수하고 창의적이고 즐거운 일이라는 의미라면 컵 3은 어느 정도 경험중인 젊은 사람들의 모임이라는 의미가 됩니다.** 그리고 디스크 3은 아시겠죠? 그럼 성공 확률로 구분이 가능해진답니다. 결론은 완즈〈 컵〈디스크 순이랍니다.

왜 스워드는 빠져있나요? **스워드는 이성적이고 논리적이라는 의미가 있으며 3은 협력이 아니라 최대강도의 불안정이기 때문에 배신이나 아픔**이라는 의미가 더 강하답니다. 만약 디스크 3을 애정사로 볼 때는 어떻게 해석이 가능할까요? 안정되고 물질적인 세 사람의 애정. 컵 3은 불안정한 애정사라고 했던 거 기억하죠? 변화의 가능성이 많고 하지만 디스크 3의 애정사는 다소 어려운 관계입니다. 정신적인 유대나 물질적인 유대가 튼튼한 삼각 관계는 잘 깨지지 않기 때문이지요. 일단 상담자가 이런 다양한 카드의 의미를 숙지하고 상담을 해야 하는 겁니다. 앞서 이야기 했지만 자신이 아는 것을 너무 일방적으로 알리려하거나 자신을 과시해서는 안 된답니다."

3이란 수가 이렇게 '다양한 의미들이 있다' 는 것을 알고 나니 수라는 것이 나에게 새롭게 보이는 것 같다. 그렇다. 수는 인생(人生)인가? 나름 난 생각한다.

4 : 토대, 안정성, 현상, 정지

"숫자 4로 넘어 가겠습니다. 4라는 숫자는 '안정된 숫자' 입니다.

1 다음 2 다음 3 다음 그리고 4… 피라미드의 밑면은 4각형입니다. 그리고 삼각형 4개가 옆면을 이루고 있지요. 정말 멋진 건축물이지요. 안전함과 튼튼함은 물론이고 지금도 우리나라 찜질방에서는 이런 모형들을 이용하여 불가마를 만들고 있으니 얼마나 토대가 견고하고 안정감이 있는지 다 아실 겁니다. 이런 숫자인 4가 우리네 인생으로 들어오면 어떤 현상들이 일어날까요?"

"**완즈 4**부터 보겠습니다. 일명 질풍노도의 시기라 볼 수 있는 어린 시절 그들에게 안정감은 매우 좋은 것이랍니다.

쉽게 말해서 엉덩이가 의자에 안정감 있게 붙어있는 아이는 공부도 잘 하고 인정받는다는 이야기이죠. 물론 게임으로 엉덩이 붙이는 아이가 아니라 그때 해야 할 일을 잘 하는 것을 말합니다. **어린 시절 공부 잘 했던 아이로 기억**에 남는다는 것은 그만큼 충실하게 노력했다는 이야기입니다. 그리고 자신감이 생기죠. 공부 잘 하는 아이는 아무래도 어린 시절의 삶 속에 부모로부터 혹은 선생님으로부터 기득권을 가졌다고 보면 맞을 겁니다.

그럼 **컵 4**는 어떨까요? 컵의 시절에는 감정이 컵에 담긴 물처럼 출렁이며 충분히 사랑하고 가슴 아파해야 할 때이지만 감정의 안정감이 왔다? 감정의 안정감은 사실 스워드 단계에서 와야 하죠… 너무 일찍 오면 그건 지루함이라는 겁니다. **감정이 요동쳐야할 때의 안정은 답답함**이라는 의미에 더 가깝습니다. 이해되시나요?"

이 말에 나의 과거를 살짝 들여다본다. 정말 나의 과거는 시트콤이다. 난 공부하는 남자가 좋았다. 그 지적인 냄새 솔솔 풍기는 기댈 수 있고 다정한 남자. 당시에 난 공무원 공부하던 그가 너무 좋았다.

우린 금세 사랑에 빠지고 말았다. 그러자 그는 공무원 시험을 포기했다. 결혼하자고… 그는 공부해 보자고 맘먹은 때가 평생 그 때 뿐이었단다. 그래서 난 오늘도 바가지를 긁는다. '내 청춘을 돌리도~'

"스워드 4는 어떤 의미일까요? 스워드는 이성적이고 논리적인 이라는 뜻입니다. 이렇게 응용해보지요. 이성적이고 논리적인 것이 안정적이라면? 이건 고집이라고 하는 겁니다. **자신의 이성대로 고집을 부린다면** 과연 소통이 될 수 있을까요? 드디어 소통이라는 단어가 나오기 시작합니다. **스워드의 의미인 이성, 논리는 사실 타인과의 소통을 위해 객관화시키는 작업**이기 때문입니다. 그래서 다음부터 스워드는 소통이나 의사소통이라는 의미로 확장되어 자주 쓰일 것입니다.

디스크 4는 디스크라는 의미 자체에서도 과정을 중시합니다. 게다가 물질적인 결과까지 담고 있으니 상당히 금전적인 카드로 해석됩니다. '금전적으로 좋다'는 말은 결과의 의미가 아닌 '**금전적인 안정을 중요시' 한다라는 과정의 의미를 중요시 하는** 말이지요.

카드에서 결과를 찾으려 하지 마세요. 단지 결과가 아니라 과정의 의미만 부여되는 카드도 얼마든지 많답니다. 너무 빨리 끝났나요? 원래 앞부분에서 여러분의 머리에 새로운 틀을 만드는 작업이 가장 어렵답니다. 그래서 지루할 수도 있었겠지만 이제는 빠른 템포로 나갈 수 있답니다. 기대하세요!"

"이제 숫자의 후반부로 접어들게 됩니다. 이제는 변화의 수에 대해 미리 알고 들어가는 것이 좋을 것 같아요. **일단 1번부터 시작된 수가 5라는 수에서 한번 '변화를 겪게' 됩니다.** 이것은 모든 슈트에

동일하게 적용됩니다.

 그리고 **6이라는 숫자에서 '다시 정비하고 안정**을 찾게' 되지요. 불안 다음의 안정기는 꿀맛과도 같기 때문에 어떤 슈트에도 다 적용이 됩니다. 하지만 다음의 변화는 5번보다 더 크게 일어난답니다. 인생에 대입해 보세요. 처음이 어렵지 다음에 그 정도의 변화나 고통은 겪어본 지점까지는 내성이 생기는 것이랍니다. 그래서 **더욱 큰 고통이 오기 전에는 버티는 거죠. 그러다 지치고 깨집니다. 그 '변화' 가 7입니다.** 럭키 세븐(7)라고 말하는데 거기에는 이런 일화가 있답니다. 옛날 서양의 종교인들에게는 큰 권력이 있었답니다. 그들은 숫자에서 6이 얼마나 완벽한 숫자인지 알아버렸고 그 숫자를 신성시했다 합니다. 그래서 함부로 그 숫자를 쓰지 못하게 만들기 위해 6에다가 악마의 숫자 6이라 칭하고 큰 변화의 수인 7을 행운의 숫자라 전하기 시작했다 하더군요. 사실인지 아닌지 솔직히 전 모릅니다. 하지만 전 이 부분에 동감합니다. 이야기도 되고 일단 재미있잖아요! 여기서 핵심은 변화와 안정의 수를 찾는 것입니다. 그럼 각 슈트 별로 보겠습니다.

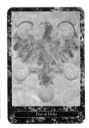

5 : 변화, 불안정성, 고통을 동반한, 이겨낼 수 있는 변화

완즈 5는 잘나가던 완즈 4에서 드디어 변화가 오기 시작했군요. 엄마는 그렇게 이야기합니다. 니가 친구 잘못 사귀어서 그래! 손뼉은 혼자 치겠습니까? 다 엄마 욕심이죠… 완즈는 실수를 해도 허용이 되는 때라는 사실을 기억하시기 바랍니다. 여러 사람들과 어울리고 호기심과 충동으로 사건도 많이 만들어 내지만 그것은 앞으로 더 많은 삶을 위한 자산이 되지요. **대부분 그들이 하는 실수는 경험이 없기 때문에 고집을 피우다 실수하는 경우가 많답니다.**"

"**컵 5를 볼게요**. 감정이 변화가 온다. 텔레비전 광고에서는 이렇게 말합니다. 사랑은 변하는 거야! 가슴 아프지요! 사랑만이 아니라도 친구에게 실망할 수도 있습니다. 감정은 사랑만을 뜻하지는 않으니까요."

"**스워드 5는 의사소통이 깨졌음을 의미**한다고도 할 수도 있습니다. 이때 주의할 것이 있습니다. 질문 중에 이혼 관련 상담을 많이 하게 되는데 하나 물어 봅시다. 여러분 부부생활 할 때 대화 안 되면 이혼하나요? 물론 아닙니다. 이렇게 변화는 종결의 의미라기보다는 이런 사건을 겪는 중으로 해석해야 할 것입니다. 좀 말이 안 통하는 상황이니 답답할 수는 있겠지요."

"**디스크 5는 무엇이 깨질까요?** 똑똑한 우리 학생들은 알겁니다. 쉽게 이야기해서 돈이 깨진 거죠. **금전적으로나 물질적으로 손해가 있다는 이야기가 됩니다.** 바꾸어 말하면 금전이 요구되는 상황이 되겠지요!"

그러고 보면 그때 그때마다 변화는 항상 온다. 난 단지 때로는 부딪히고 때로는 훌쩍 뛰어넘고 때로는 울며 때로는 돈으로 깨지며 난 결국 지금까지 생존하고 있다. 점점 나의 뇌가 채워지며 심리적으로 가벼운 사람에서 묵직한 사람으로 변화되는 것이 느껴진다.

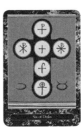

6 : 완성, 이상주의, 완벽함, 성공적으로 변화를 마침

"이제는 숫자 6에 관해 알아보도록 하겠습니다. 좀 전에 이야기 했지만 6은 변화 후에 오는 안정과 성공이라는 의미가 있습니다. 거기에 대입해서 **완즈 6을 보면 완즈는 실패를 이겨내고 어려움을 극복하는 것을 의미**한답니다. 이것은 결혼을 의미하기도 합니다. 대부분 결혼을 처음 할 때… 좀 말이 이상했나요? 사실 지금 시대가 이혼율이 높고 우리는 시대를 읽어야 하는 사람들이니 그저 받아들이기로 하죠… 어쨌거나 결혼할 때 서로 부딪히는 문제가 많습니다. 난생 처음으로 배우자의 집안과 식구로 맺어지기 전 최종 조율 같은 것을 하게 되지요. 집 문제, 예단 문제 등 말이지요. 이때 사실 많이 힘들어요.

하지만 겪어야만 하고 드디어 다 만들어 놓은 마이 홈으로 입주를 하는 거죠. 어때요 조금 더 맥이 상통하는 부분이 생기나요? 갑자기 완즈에서 결혼 이야기가 나오니까 조금 어색할 수 있지만 경험해 보지 않은 것을 시작할 때는 가장 잘 어울리는 슈트가 바로 완즈의 슈트랍니다. 특히 결혼은요. 사실 예전엔 거의 한번 밖에 안했잖아요?"

마자 샘은 참 재미있는 여자이다. 나이도 그렇게 안 많아 보이면서 세상 다 산 노인네 같은 말만 하다가 현실을 직시할 때는 예리한 면도날처럼 그 부위를 썰듯이 이야기하니 말이다. 조금 이상한 표현인가? 면도날로 썰듯이? 이걸 시니컬하다 하는 거야!

"컵 6은 감정이 복구되는 모습입니다. 여러분은 상처받았을 때 어떤 기억을 떠올리나요? 여기서는 어린 시절 즉 완즈 때의 기억을 떠올리는 거죠. 그때 즐겁고 순수했었던 바로 그때의 기억을 떠올리며 감정의 상처를 치유하는 거죠. 나도 사랑받을 자격이 있다는 것과 나 자신을 존중하는 법을 비로소 배우게 됩니다. 이해되시나요? **이렇게 과거와 연결된 유쾌한 기억 같은 것이 바로 이 카드의 핵심어**가 되지요."

"스워드 6도 마찬가지랍니다. 소통이 되지 않고 단절되었던 모든 연결고리가 살아나며 좀 더 성숙한 타인을 향한 배려를 통해 이제 더 멋진 세상을 향해 나아간다는 말이 되니까요. 혼자가 아니라 함께 갈 수 있다는 것은 참 멋진 일입니다."

"디스크 6은 좀 더 의미가 간결합니다. **물질적이고 금전적인 것의 복구와 회복**을 뜻하기 때문이죠. 이렇게 숫자와의 조합을 통한 슈트별의 의미는 더 많은 메시지를 만들어 낼 수 있지만 저는 가장 뼈대가 될 수 있는 틀을 만들고 있다는 사실을 인식해 주세요."

7 : 큰 변화, 막을 수 없는 변화, 각성,
새로움에 눈뜸, 전망, 통찰력이 가져다주는 변화

　"다음은 7입니다. '더 큰 변화, 예기치 못한 변화, 어쩔 수 없이 변화되어야 하는 상황'. 여러분 타로를 배우면서 '변화' 라는 단어를 참 무섭게 만드는 것 같다고 느끼시는 분 없나요? 저도 설명하다보니 변화를 무섭게만 몰아가고 있다는 느낌이 드네요. 그렇지만 변화를 두려워하지는 마세요. 아시겠지만 변화는 예측할 수 없고 또한 익숙함을 버려야하는 작업이기 때문에 힘든 것이랍니다.

　생각해보세요. 처음 직장 생활 하는 친구들… 취직은 좋았지만 다음엔 더 큰 문제들이 도사리고 있죠. 어렵게 성공했지만 그 후로 담보 잡히는 청춘, 자유 같은 것들 말입니다. 다시 익숙함이 찾아오기 전의 상태를 우리는 변화라 부르는 것입니다. 어떤 이는 아니, 사실은 저예요. 전 이제 '변화' 가 익숙합니다. 오히려 너무 안정된 시기가 길어지면 괜히 집안이라도 바꿔서 변화를 주곤 하죠. 제게 변화란 살아있음을 느끼게 하는 계기 같아요. 사설이 길었나요?"

　"본론으로 들어가서 완즈 7은 성공 후에 찾아 온 고집스러움 같은 것이 있습니다. 그래서 독불장군이 되기 쉽지요. 처음에 성공해서 모두가 꼭 그렇게 해야만 하는 것은 아닙니다. 그러다가 고립될 수도 있답니다. 그저 타인과 나의 다른 시각을 존중해 주기만 하면 된답니다."

"컵 7을 보면 컵 자체의 감정은 매우 주관적이라는 사실을 인식해야 합니다. 컵에 담긴 주관적 감정이 타인의 감정과 자신이 다르다는 것을 눈치 채지 못하고 있군요. 1차원적으로는 감정이 깨진 것인데 자신의 감정에 눈이 어두워 잘 모르고 있는 카드랍니다. 슬프죠. 쉽게 말해서 상대와 나와의 감정은 다르다 입니다.

갑자기 궁금해지는데요… 사랑할 때는 같은 것을 느낄까요? 과학적으로 검증된 것이지만 홍채도 모든 사람이 다르답니다. 그래서 우리가 기억하는 빨강, 노랑, 초록 등의 색깔마저도 자신이 대략 인식하는 색깔로만 구분을 하며 살아가지요. 단지 그 홍채로 살아가기에 대략 그런 줄 알고 평생을 타인과 컬러를 비교하지 못하고 살아간다는 거죠. 일말의 궁금함도 없이… 이 카드는 슬프게도 자신의 감정에 가려 현실을 직시하지 못하는 그런 상태입니다."

"스워드 7은 소통이 깨지는 카드입니다. 스워드 5와의 차이점은 스워드 5는 단지 대화나 말하기 싫은 정도라면 이 카드는 타인이 합세하여 소통을 막는 정도로 보시면 된답니다. 강도가 점점 더 세지는 걸 느끼시죠? 나와 상대방의 문제가 아니라 제 3자의 개입이 이루어져 더욱 힘든 상황이랍니다."

"디스크 7은 어떨까요? 금전적인 문제가 심각해진 상태입니다. 물질적으로 많은 것들이 요구되고 이 난관을 헤쳐 나가는 수밖에 없습니다. 차라리 이럴 경우에는 포기할 수 있다면, 내가 조금 손해를 보고 손을 털 수 있다면 그런 방법도 나쁘지 않은 것 같은데 말이죠. 쉽지 않은 게 인생입니다. 이렇게 7까지 진도를 나갔습니다. 잠시 쉬었다가 다시 진도를 나가도록 하죠."

8 : 조직화를 통한 상황에 대한 지배, 통제,
자유로운 분리, 새로운 조직화, 구조조정

"8은 수비학적으로 볼 때 가장 '다양한 구조'를 가졌습니다. 여러 쌍으로 모이거나 나눌 수 있죠. 이것을 각 슈트에 대입해보면 완즈 7이 고집과 독선이라고 할 때, 완즈 8은 완즈 7의 단계에서 벗어나 드디어 다른 세계와 교류하며 재구성 혹은 재조합을 하고 있군요. 훨씬 성숙하고 넓은 시각을 갖게 되는 거죠. 그래서 이동이나 소식처럼 변화의 의미가 많이 들어있답니다."

"컵 8은 컵 7의 연장선에서 볼 때 드디어 자신의 감정에 의해 현실을 인식하지 못했던 사건들이 드러나며 과거를 정리해야 한다는 것을 깨닫게 되는 카드입니다. 역시 감정의 재구성과 재조합이 필요한 때입니다."

"스워드 8은 아직도 이성적인 논리에 자신을 가두고 있는 모습을 보입니다. 하지만 이 틀을 벗어나야지만 하지요. 그것을 깨닫는 카드입니다."

"디스크 8은 '디스크 7에서 막혀있던 금전적이고 물질적인 문제가 이제 서서히 풀린다' 는 의미가 있습니다. 다시 재조합하고 있지요. 이렇게 8이라는 숫자가 들어 있는 카드는 재조합, 재구성을 하고 있거나 해야 하는 사실을 인식하고 있는 단계의 카드들이랍니다."

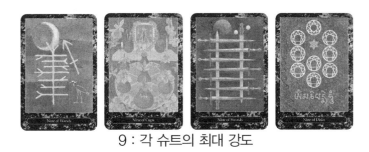

9 : 각 슈트의 최대 강도

"9라는 수는 이제 '목까지 채워진 수' 를 말합니다. 완즈 9부터 살펴보면 완즈의 충동성이 강하다는 의미인데요. 어떤 생각이 드나요? 완즈 9는 주로 도피성 유학이나 도피성 이민을 질문하는 내담자들이 잘 뽑는 카드입니다. 그렇지요. 현실을 외면하고 싶은 거죠. 이들 중 대부분은 행동으로 옮기지 못하고 이리저리 방황만 한답니다. 전 그들에게 현실을 마주보고 현실적인 대안을 찾아야 한다고 충고합니다."

"컵 9는 '감정적으로 충만한 상태' 입니다. 이건 좋아요. 감정이 충족되는 느낌은 매우 근사하답니다. 그것은 돈이나 물질보다는 자기만족으로 감정이 채워졌다는 의미가 강하기 때문입니다."

"스워드 9는 '스워드 3의 3배 정도 되는 강도' 라 보시면 됩니다. 소통이 안 되는 대상이 타인도 아니고 제 3자도 아닙니다. 자신과의 소통이 단절되었군요. 이런 감정을 이렇게 표현하기도 합니다. 죄책감이나 자기비하, 자신과의 소통 부재라는 거죠. 차라리 대상이 있으면 퍼붓기라도 하지만 자신이 스스로를 포용하지 못하는 경우라면 상당히 힘든 때임을 알 수 있는 카드입니다. 전 이 카드가 나오면 인간은 신이 아니기에 누구나 실수할 때가 있다고 그저 위로해 줍니다."

"디스크 9를 보면 '물질적인 것이 완성되기 전의 상태' 라고 보면 과연 물질적인 만족은 무엇인지 먼저 알아야 할 것 같아요. 뭐가 물질적인 만족일까요?"

난 물론 돈이 많은 거다. 그래서 내가 사고 싶은 것을 맘대로 쇼핑할 수 있고 여행 다니며 즐기고 사는 것이 아닐까? 대부분 그럴 것 같은데…….

"아마도 여러분들은 금전이 풍족한 것을 정신적인 만족이라 여기는 분들이 많을 겁니다. 물론 틀린 것은 아니지만 그렇다면 부자들은 모두 행복할까요? 물론 그것도 아닙니다. 제게 오는 내담자들도 경제적으로 풍족한 사람들이 오거든요? 하지만 꼭 행복하지는 않아요. 그럼 대체 뭘까요?"

조용히 듣고 계시던 담원님이 말문을 열었다.

"전문성 있는 자기만의 일이 아닐까요? 전 그렇습니다. 전 돈도 별로 관심 없고 뭐든 할 수 있는 상황이지만 제가 가장 기쁘게 하는 일은 바로 제 직업에 관계된 일이랍니다. 제가 지금까지 이렇게 학문적인 기쁨과 이렇게 젊은 친구들과 어울리게 만드는 원동력은 바로 거기에 있는 것 같은데요"

"맞습니다. 자기만의 일을 찾고 독립적인 개체로 홀로 서기하는 것을 말합니다. 자기만의 어떤 것을 만드는 일이지요. 쉽게는 주부가 가정에서 일터로, 드디어 독립적인 일을 시작하는 것이 되기도 하지만 때로는 이혼을 의미하기도 한답니다. 만약에 직장을 다니던 아저씨가 이 카드를 뽑는다면 이제 독립할 때가 되었다고 느끼는 거죠. 이렇게 9라는 수와 대비해서 각 슈트별로 의미를 알아보았습니다. 이제는 10이라는 숫자가 남았네요."

10: 모든 과정을 거치고 난 뒤의 완숙도, 숙달, 경험

"10이라는 숫자는 '가득 채워진 수이자 마지막의 숫자'이기도 합니다. 지금까지 우리는 경험이 없고 순수했던 숫자 1번부터 9번까지 인생을 함께 나누며 여기까지 왔네요. 10은 사건의 종결을 나타냅니

다. 물론 좋을 수도 나쁠 수도 있지만 일단은 사건이 끝까지 왔다는 것을 알 수 있습니다."

"완즈 10을 보도록 하지요. 경험 없이 충동적으로 끝까지 왔다면 어떤 결과가 있을까요? 네. 현실성 없이 끝까지 왔다는 이야기입니다. 이 카드를 뽑는다면 상황이 어떤지 구분도 못하고 사건이 끝나가고 있다는 것을 나타냅니다."

"컵 10은 감정적으로 최고의 성취감을 얻는 것입니다. 차근차근 쌓아 왔고 그 결과는 성공적이군요."

"스워드 10은 아직도 소통의 문제를 풀지 못하고 있네요. 이제는 남은 것은 공허함이라는 결과입니다. 우리가 살고 있는 사회라는 곳은 결코 혼자 살 수가 없답니다. 서로 주고받으며 타인을 인정하고 그 속에서 자신도 인정받으며 그렇게 사는 곳인데 혼자라니요. 씁쓸한 결과입니다."

"디스크 10은 물질적이고 금전적인 만족감으로 사건을 마무리하는군요. 대부분이 원하는 결과입니다. 하지만 간과해서는 안 될 것이 있습니다. 디스크는 노년이며 완즈, 컵, 스워드의 단계를 거치고 결국에 도달하는 곳이라는 사실을 말입니다. 그럼 여러분은 어느 단계에 와있나요? 이것은 인생에도 비유할 수 있고 지금 일어나고 있는 사건에도 비유할 수 있답니다. 이제는 카드를 모두 섞고 스프레드한 후 실제로 질문과 함께 이해를 높이는 수업을 진행하도록 하겠습니다."

* 타로카드 요점 정리하기

수	완즈	컵	스워드	디스크
1				
2				
3				
4				
5				
6				
7				
8				
9				
10				

(스스로 정리하기)

궁중카드와 카발라

"전체적으로 타로카드는 마이너카드와 메이저카드로 나누어지고 마이너카드는 앞서 배운 숫자 카드 40장과 코트카드라 불리는 궁중카드로 합쳐져서 부르는 이름입니다. 마이너 카드는 4개의 슈트별로 나누어져 있습니다.

그리고 숫자카드는 4개의 물건들이 중심이 되지만 코트카드는 물건을 가진 인물들이 주인공이 된답니다. 코트카드를 궁중카드라 부르는 이유는 주인공들이 왕, 여왕, 급사로 궁중에 있는 인물이 각 슈트별로 배치되어 있기 때문입니다. 이것은 여러분들이 알고 있는 트럼프 카드와 같은 구조입니다.

이렇게 느껴보세요. 완즈는 ♣, 컵은 ♥, 스워드는 ♠, 디스크는 ◆ 라고 놓고 왕, 여왕, 급사로 놓고 보니 구조가 같다는 것이 느껴지시나요? 그럼 실제 트럼프카드의 왕, 여왕, 급사를 놓고 그림을 비교해 보시겠어요?"

궁중카드 완즈

궁중카드 컵

궁중카드 스워드

궁중카드 디스크

마자 샘은 어디선가 트럼프 카드를 가지고 와서 타로 판에 스프레드를 했다. 그리고 슈트 별로 왕, 여왕, 급사카드를 한 장씩 찾아서 완즈, 컵, 스워드, 디스크로 나누어 펼쳤다.

"자~이제 그림을 살펴보세요. 어떤 것이 보이나요? 그들이 변하는 모습이 보이나요?"

나는 유심히 그림을 보았다. 그리고 놀라고 말았다. 인물들이 늙어 가고 있었던 것이다. 완즈, 컵, 스워드, 디스크의 순서대로 왕, 여왕, 급사가 늙어 가고 있었다.

그제야 지금까지 해온 공부가 인생에 관한 것이며 이렇게 서양문화에 이런 내용들이 곳곳에 숨어있다는 생각을 하자 왠지 내가 잘 배우고 있다는 느낌이 만족스럽게 몰려왔다.

"네. 선생님 보여요. 카드의 인물들이 완즈, 컵, 스워드, 디스크의 순서로 늙어 가고 있어요."

그동안 말없이 귀만 기울이던 프란체스카 언니가 입가에 묘한 미소를 띠며 말했다.

"하지만 선생님, 다른 타로카드는 제가 알기로 모두 78장인데 이렇게 되면 메이저카드 22장을 합쳐서 74장이 되는 것 아닙니까?"

유일한 청일점 조 선생님이 말했다.

"네, 좋은 질문입니다. 다른 카드에서는 코트카드 즉 궁중카드를 4장으로 표현하기도 한답니다. 예를 들어 왕, 여왕, 공주, 왕자 혹은 왕, 여왕, 기사, 급사 등으로 말이지요. 이것은 가장 많이 넓게 퍼져 있는 웨이트라이트 타로카드의 기준입니다. 여기서 공주와 왕자의 개념과 기사와 급사의 개념과 능동형과 수동형의 개념이 더 들어있어 복잡하게 만드는 경향이 있답니다. 그래서 저는 일단 여러분들에게 가장 기본적인 개념과 한방향으로만 보는 카드를 가르치고 있는 것이랍니다.

그리고 저는 카발라의 '생명의 나무' 개념을 중시하기 때문에 궁중카드는 3장으로 줄여서 설명합니다. 그리고 여기에 맞게 추천하는 타로 덱은 제가 직접 제작한 '마녀놀이 위즈덤 타로카드 덱'이나 '막스웰 밀러의 유니버설 타로카드'입니다. 카발라의 생명의 나무 개념은 다음에 프린트물로 설명하겠습니다."

아직은 잘 모르겠지만 지금 여기서 더 많은 것을 배워야 한다면 사실 난 거절이다.

"궁금한 점이 많으실 겁니다. 하지만 앞에서 임상했듯이 52장만으로도 우리가 한 질문에 알맞은 답을 구할 수 있었습니다. 거기서 알 수 있는 것은 융의 동시성 이론에 의하면 우리는 자신의 에너지가 들어 있는 카드를 우연히 뽑을 수밖에 없기 때문에 안심하고 카드 개수에 연연하지 않고 카드를 다루어도 된다는 겁니다."

난 알듯 모를 듯하지만 외우는 것이 줄어들수록 좋다고 생각한다.

원카드(카드 한 장)로 공부하기
마이너카드 52장으로 볼 수 있는 내용을 정리해 보면 –
봄, 여름, 가을, 겨울 4계절 중 어느 때인가?
어느 계절에 일이 진행되는가? 진행이 안 되는가?
질문자 완즈, 컵, 스워드, 디스크의 성향에 따라 어떤 상태인가?

원카드는 한 장씩 뽑아 카드의 개별적인 이해를 높이는 좋은 방법이다.
일단 한 장 한 장의 의미를 폭 넓게 이해하고
그런 다음 3장으로 뽑아보는 쓰리카드 리딩을 준비한다.

코트(Court)카드 배우기

완 즈   컵   스 워 드   디 스 크

　"코트카드의 왕, 여왕, 급사를 완즈, 컵, 스워드, 디스크의 순서대
로 한 묶음이 되게 나란히 놓아 보세요. 모두 맨 위가 왕 카드만 다
보이나요? 그러면 잘 놓은 겁니다. 일단 마이너카드에서 숫자카드
와 코트 카드의 차이점은 사물에서 인물로 중심이 바뀌었다는 것입
니다. 사물은 완즈, 컵, 스워드, 디스크에 따라 직관, 감정, 사고, 감
각의 큰 테두리로 나누어 수비학적이고 양적인 의미가 가미되었다
면 코트카드는 일단 상황을 지배하는 인물들이 중심에 섰다는 것입
니다. 코트카드가 카드에서 뽑혔다는 것은 그만큼 그 사건에 대한
상황을 지배할 수 있는 힘이 크다는 사실을 알려줍니다. 일단 왕과
귀족이니까요. 하지만 그들이 취하는 행동이 각각 다르게 나타나는
거죠. 카드를 봅시다."

"완즈의 왕은 변화를 해야 한다고 느끼지만 아직 젊기 때문에 잘 조율되지 못하는 듯한 인상을 줄 수 있습니다. 힘만 넘치고 자기주장만 강한 왕이지요. 타협이 필요한데 말이죠. 아직 젊은 왕이어서 그럴 겁니다."

"컵의 왕은 눈이 많이 풀려있네요. 긴장감도 없고 이젠 나이가 조금 더 들어 왕의 역할도 익숙해진 듯 하군요. 진지함이나 노력하려는 인상을 풍기지 않고 있습니다. 조금 우유부단해 보이는군요."

"스워드의 왕은 매서운 눈매와 노련미가 엿보입니다. 완즈, 컵의 단계를 거치며 진정한 왕으로 성장했군요. 자신의 할 일이 명확하게 무엇인지 알고 있다는 인상을 줍니다. 그만큼 추진력도 있습니다. 멋진 왕입니다."

"디스크의 왕은 이제 너무 늙었어요. 옛날의 위세와 권위만 기억하며 이제는 명분뿐인 왕이 되었군요. 하지만 그의 경험은 무한한 지혜를 가지고 있답니다. 단지 추진력이 없을 뿐이지요."

"이어서 카드를 넘기면 여왕들이 나옵니다. 완즈의 여왕은 젊어서 여왕이 되어 무엇인가 일을 새롭게 시작하고 싶은 욕구가 넘치는군요. 하지만 그녀도 경험이 없어서 어떻게 해야 할지 구상만 하고 있는 모습입니다.”

“컵의 여왕은 눈에 슬픔이 가득한 것 같군요. 자신의 여왕자리를 지키기 위해 자신의 감정을 숨겨야 하고 많은 비밀들을 간직해야 하는 모습이 보입니다. 그녀는 함부로 일을 추진하기 보다는 그저 조용히 입을 다무는 모습을 보입니다.”

“스워드의 여왕은 감정을 떨치고 이성적으로 사건들을 헤쳐 나가는 모습입니다. 엄마의 역할보다는 왕과 같은 여왕의 모습을 보이며 나라를 이끌어 가는 모습을 보입니다.”

“디스크의 여왕은 이제 나이가 들어 자기만의 세계에 들어가 노년을 즐기고 있군요. 자기 만족한 삶을 누리고 있는 모습입니다. 그들은 권력층이기 때문에 현실에서도 힘이 있는 모양새를 나타냅니다. 단지 힘은 있지만 그들의 행동을 취하는 태도와 관련이 있지요.”

“이제 급사가 남았네요. 급사는 왕과 여왕을 돕는 권력 계급입니다. 그들은 아주 많은 일을 하고 능력이 있지요. 하지만 각각의 상황은 모두 다르답니다. 그들도 완즈부터 디스크까지 늙어가고 변화되고 있는 중이거든요."

"완즈의 급사는 젊고 힘이 있으며 능력이 있는 누구나 데려가고 싶어 하는 사람입니다. 그는 능력을 인정받았고 무엇이든 할 수 있는 그런 상황입니다."

"컵의 급사는 조금 우울합니다. 감정적인 왕과 여왕 사이에 하는 일이 별로 없기 때문에 능력을 인정받을 만한 일도 별로 없기 때문이지요. 그래서 욕구 불만이 가득하답니다."

"스워드의 급사는 나이도 중년을 넘겼고 이제는 꾀돌이가 되었습니다. 그는 모든 일을 자로 잰 듯이 여유 없이 일을 실행합니다. 그는 많이 예민하고 마음이 꼬여있어 함께 있기 불편한 집사로군요."

"디스크의 집사는 이제 너무 늙었나 봅니다. 너무 많은 일을 하고 있는 나머지 이제는 지쳐서 일하기 싫어하는군요. 일을 줄여야 합니다. 그리고 새로운 급사를 뽑아서 자신이 잘하는 일을 해야 합니다. 주변정리가 시급하군요. 이렇게 코트카드도 한 장씩 모두 살펴보았습니다. 어떤가요? 카드를 보며 마이너카드에서 숫자카드와 코트카드의 차이점을 눈여겨 살펴보고 익혀 보도록 하세요."

갈수록 어려워지고 있다. 아무래도 난 점점 할 말이 없어진다. 알 듯 알 듯 잘 모르겠지만 마자 샘은 임상실험을 통한 경험이 타로카드를 신뢰하는데 가장 큰 도움이 된다했다.

임상실험이란 스스로 카드를 뽑아 맞는지 검증하는 것도 있지만 상대방카드를 뽑아 카드가 잘 맞는지 검증하는 방법도 있다고 한다.

타로카드는 쉬운 말로 많이 경험할수록 자신만의 경험이 쌓여 타로의 동시성을 믿게 된다는 뜻일까?

아무튼 시작이 반이라고 난 반절은 넘게 오지 않았을까?

카발라의 생명나무

* 마자 샘이 나눠준 프린트, 카발라의 생명의 나무(세피로트)

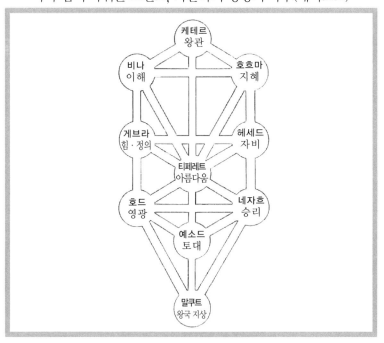

생명의 나무

●생명의 나무는 지상(말쿠트)에서 최고의 왕관(케테르)까지 올라가 지상의 영혼이 신과 합일하는 통로를 나타내고 있다.

●생명의 나무 왼쪽(비나, 게부라, 호드)은 정의의 기둥으로 이성적인 판단을 의미하며 생명의 나무 오른쪽(호흐마, 헤세드, 네자흐)은 자비의 기둥으로 지혜와 사랑을 표현한다.

●가운데(케테르, 티페레트, 예소드, 말쿠트) 기둥은 지나치게 이성적이거나 극단적인 자비로움을 피하여 안정과 아름다움의 토대를 만들어야한다는 내용이 담겨있다.

다음에 나오는 생명의 나무는 이러한 개념을 바탕으로 타로가 어떻게 대입되었는지 보여준다. 그렇다면 정의의 기둥, 자비의 기둥, 가운데 기둥에는 어떤 타로카드가 들어있을까?

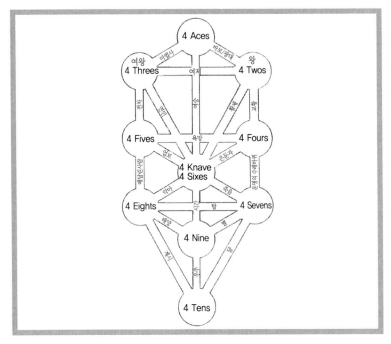

"일단 위의 프린트를 살펴보면 나무 모양이라는 것을 알겁니다. 그래서 생명의 나무라 부르지요. 고대 유대교에서는 카발라는 즉 '전통'이라는 말로 해석이 되며 이 카발라는 유럽과 모든 서양학문의 곳곳에 숨어있으며 그들은 기독교 이전부터 내려온 뿌리 깊은 전통 신앙이랍니다.

카발라에서 중요한 것은 아인소프와 세피로트의 개념인데 우리 수업시간에는 깊이 다룰 수가 없고요. 간략히 말하자면 아인소프라는 우주 무한의 에너지가 생명의 나무 위에 있는 동그라미 모양의 세피로트를 돌며 세상을 창조하며 진행하고 움직인다는 이론입니다. 이 이론은 수비학과도 밀접한 관련이 있습니다. 이것은 놀랍게도 별자리를 다루는 점성학과도 이어지고 있습니다.

여기서 타로카드와 대입해보면 보시다시피 생명의 나무 위에 10개의 세피로트와 그 사이를 이어주는 경로가 바로 마이너 타로카드의 1번부터 10번의 숫자와 메이저 카드가 22장인 것은 아마도 단순한 우연히 아니라는 거죠. 거기에 별자리 요소인 7행성과 12싸인이 결합된 모습을 나타내며 밀접한 관련을 맺고 있는 것을 보여주고 있답니다."

점점 더 어려워지는 것 같다. 하지만 전에 할리우드 스타들 중에 손목에 빨간색 실을 묶고 다녔던 마돈나가 카발라라는 것을 믿고 있다고 들었는데 이것을 믿었다니 참 재미있다고 느껴진다.

"이것을 설명한 이유는 타로 개수는 이런 다양한 전통들에게서 나온 것이기에 몇 장 줄거나 늘어나도 그다지 관계가 없다는 것을 말하고 싶은 겁니다."

아마도 마자 샘은 카드 갯수로 무지 걱정을 한 것 같다. 사실 난 이게 콩이고 이게 팥이라 해도 사실 잘 구분하지 못할 텐데… 마자 샘이 좀 순진한 구석이 있나?

"마이너카드가 모두 끝이 났습니다."
"다음 장에서는 메이저카드를 설명할 것입니다."

와우! 일단 마이너카드는 끝~

드디어 메이저카드를 배우다

"마이너카드와 메이저카드와의 공통점은 둘 다 사건의 시작에서 마무리까지의 단계를 표현한 것이라고 보면 됩니다. 하지만 차이점도 있지요. 마이너카드는 지금 현재 시점에서 가까운 작은 사건을 암시하는 기능이 있고, 메이저카드는 인생의 큰 굴곡에 해당하는 넓은 개념에 있다는 겁니다.

자신의 인생을 과거로 돌아보시기 바랍니다. 죽을 것 같았지만 지나고 나니 아무것도 아닌 일들은 바로 마이너카드에 해당합니다. 그리고 예상치 못한 결정이었지만 살다보니 삶의 한 고비에 있었던 순간은 바로 메이저 카드에 해당한답니다."

"메이저카드는 인생을 22단계로 나눈 것과 같으며 작게는 한 사건을 22단계로 나눈 것과도 같답니다."

"기독교에서는 이교도를 교화시키기 위해 타로카드에 예수와 교회의 모습을 넣어 그들에게 접근했었다는 설이 있답니다. 그래서 메이저 타로카드 22장을 예수의 탄생과 부활설에 맞추기도 하지요.

사실 인생을 살다보면 때로는 우리 같은 평범한 사람들이 더욱 극적인 인생의 여정을 겪기도 한답니다. 한번 살펴볼까요? 먼저 광대카드부터 시작해 볼까요?"

마자 샘은 다음에 다시 프린트 두 장을 나누어 주었다.

"이 프린트는 제가 만든 라이프 위즈덤 타로카드에 나오는 메이저카드의 부분이랍니다. 여기에 나오는 상징들과 기호는 별자리의 행성과 12싸인의 기호랍니다.

앞서 설명했듯이 타로카드는 카발라의 생명의 나무에 나와 있는 세피로트의 길이 메이저카드의 경로가 되기 때문에 별자리와 합치하여 내면의 의미만 뽑아낸 것이랍니다. 메이저 22장의 카드를 통해 자신을 돌아 볼 수 있게 만든 카드이지요. 잠시 읽어 보시고 과연 임상할 때는 어떻게 리딩되는지 살펴보도록 합시다."

"타로카드는 현재의 상황을 그대로 보여주는 도구입니다.
현재 학생이 선택할 수 있는 여러 상황들을 구체화 시키는데 도움을 주고 현실적인 선택이 가능하도록 돕는 작용을 하지요. 타로텔러는 내담자가 무엇을 하고 싶은지 본인이 먼저 능동적으로 선택하고 구체적인 계획을 세울 수 있도록 도움을 주어야합니다.
상담자는 내담자의 운명을 결정해주는 사람이 아닙니다."

마이너카드는 스토리로 내용을 정리해 보았다.
하지만 메이저카드부터는 내용상 이해를 돕기 위해 문체가 달라지고
사례 위주로 내용을 쉽게 구성하였다.
현재, 우리의 주인공은 상담사로 활발히 활동하고 있다.

메이저카드

생명의 나무 경로와 타로카드의 메이저카드의 대응관계도

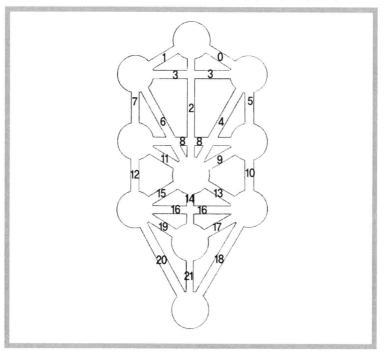

그림 속의 숫자는 바로 메이저카드의 번호이다.
0번은 임의적으로 광대카드를 나타낸다.

0 광대 The Fool (무색) ♠

무엇인가 해보지 않은 일을 시작하려는 마음으로 가득하다.
불안한 마음과 들뜬 마음으로 새로운 세계에 첫발을 내디디려 한다.
기억하라! 눈 덮인 두 갈래 길이 나오면 당신은 아직 누구도 밟아보지 않은 길을 가고 싶어 한다는 것을….

카드 해설 :

무엇인가 해보지 않은 일을 시작
새로운 세계에 첫발을 딛고 싶은 설레는 마음
주머니에 들어있는 완즈, 컵, 스워드, 디스크의 사용법을 모른다.
그것은 마이너카드에서 의미한 4가지의 성향을 나타내며
인생살이는 그것을 사용하도록 연습하는 과정이다.

상징 :

소년 발 아래의 악어는 위험하고, 변화무쌍한 뱀을 능동적으로 표현하였다.

질문 : 내담자의 현재 상태는 어떨까?

(내담자가 과거에 타로카드에 대한 경험이 없을 때 사용하는 방법으로 상담자가 내담자에게 편하게 질문 없이 현재 상태를 한 장 뽑으라고 한다. 카드를 뽑은 뒤 동시성에 의해 우리는 카드를 보아 내담자의 상태를 알 수 있다.

여기서 중요한 것은 카드를 뽑은 뒤에 상담사가 내담자에게 궁금한 것이 뭐냐고 구체적으로 물어보는 것이다. 상담사가 내담자가 온 이유를 군이 맞출 필요는 없다.)

0 광대 The Fool (무색) ♠을 뽑은 경우

상담 사례

마자 샘: 구체적으로 궁금한 게 뭐죠?

고교생 : 진로 적성을 알고 싶어요.

마자 샘: 혹시 학생이 생각하고 있는 분야가 있나요?

고교생 : 아뇨, 전 제가 무엇을 어떻게 하고 살아야하는지 잘 모르겠어요.

대답 : 정해지지 않은 미래에 대해 불안함과 기대감이 교차하고 있군요. 당신이 관심이 가는 분야를 직접 구체적으로 찾아서 나열해보고 질문을 만들어 하나씩 타로카드를 뽑아 동시성을 이용해 진로적성을 찾아가도록 하지요.

1 마법사 The Magician ☿

어떤 일이든 할 수 있는 능력을 갖춘 사람. 지금까지 다양한 경험의 축척으로 이제는 무엇인가를 만들어 낼 준비가 되어 있군요. 당신이 원하는 일을 찾아 기술과 지성을 이용하여 신비한 힘을 만들어 내세요.

카드 해설 :

마법사카드를 보면 완즈, 컵, 스워드, 디스크를 무한 에너지를 가지고 손가락을 사용해 하늘에서 돌리고 있다. 이것은 바로 앞의 광대카드와 반대되는 의미이다. 마법사는 완즈, 컵, 스워드, 디스크 어떻게 사용해야하는지 잘 알고 있다. 능숙하게 일의 흐름, 상태, 논리와 자본을 가지고 일을 처리할 수 있다.

상징 :

손은 소통의 수단이며 ☿(수성)을 상징함.
(행성과 별자리는 당그래출판사 발행 '마녀놀이 별자리카드' 를 참조)

질문 : 나의 현재 상태는 어떨까?

1 마법사 The Magician ☿뽑은 경우

상담 사례 :

여성 : 조그마한 가게를 하나 차리고 싶은데 그런 운이 있나요?

마자 : 마법사카드는 능력 있는 전문가라는 뜻입니다.

충분히 당신은 그 일을 해낼 수 있습니다.

자신감을 가지고 구체적이고 세부적인 계획을 세워

일에 임하시면 됩니다.

2 여승 The Priestess 》

직감이 뛰어난 사람.

어떤 일을 시작하기 전에 과거의 일들을 정리해야 합니다. 당신의 새로운 목표를 위해서는 감정적이고 물질적인 관계를 청산해야 만합니다. 당신은 느낄 수 있습니다. 그리고 할 수 있습니다.

카드 해설 :

여승카드는 자신의 목적을 위해 과거를 먼저 정리해야한다. 그녀가 가지고 있는 둥근 칼은 달(Moon)을 상징한다. 정리를 의미하는 칼이 감정을 상징하는 문으로 표현된 것은 과거의 미련을 끊으라는 의미가 아닐까? 그리고 여승은 외로운 사람이다. 아직 누군가와 동업을 하거나 다시 사랑을 시작할 때는 아니다.

상징 :

칼은 현재와 미래를 단절하는 것을 나타낸다. 우리는 일상적으로 그것을 정리라고 부른다. 문(Moon)은 감정적이고 주관적임을 나타낸다. 물고기는 목표 혹은 믿음으로 나타난다.

질문 : 나의 현재 상태는 어떨까?

2 여승 The Priestess 〉〉 뽑은 경우

상담 사례

여성 : 조그마한 가게를 하나 차리고 싶은데 그런 운이 있나요?

마자 : 여승카드는 타인에게 도움을 주는 직업적인 특성이 있답니다. 하려고 맘먹은 일에 대해 감정을 버리고 냉정하게 계획을 세우셔야합니다. 혼자서 일을 하려 맘 먹어야지 타인에게 의존하여 일을 진행하는 것은 좋지 않습니다.

3 여제 The Empress ♀

III. The Empress

안정적이며 모든 일에 풍요로운 사람. 출산과 새로운 일의 시작, 번영을 뜻하며 만약 당신의 상황이 이와 다르다면 간절히 그렇게 되기를 원하는 사람입니다.

카드 해설 :

여제카드는 풍요로운 상황이거나 풍요로움을 갈망할 때 나오는 카드이다. 여제 주변으로 여러 동물과 꽃들이 있다. 이것은 그녀가 소유하고 있는 것들이다. 내담자 자신이 스스로 자신의 상황을 찾아내야 한다. 타로는 상담자가 맞추는 것이 아니라 내담자가 스스로 자신의 문제를 풀 수 있도록 돕는 역할을 하는 것이다. 자신의 상황을 돌아보게 한 후 현실에 가능한 계획을 세우도록 유도해 준다.

상징 :

여제의 지팡이는 ♀(금성)을 형상화 한 것이다. ♀는 여성과 아름다움, 매력을 나타낸다. 이마의 역삼각형은 새로운 변화를 꿈꾸는 것을 암시한다.

질문 : 나의 현재 상태는 어떨까?

3 여제 The Empress ♀뽑은 경우

상담 사례

여성 : 조그마한 가게를 하나 차리고 싶은데 그런 운이 있나요?

마자 : 여제 혹은 여왕카드라고 하지요. 이 카드는 삶이 안정되어 있을 때 나오거나 삶이 너무 불안해서 안정을 필요로 할 때 나오는 카드입니다. 당신은 어떤 상황인가요? 자신을 돌아보고 현재 상황을 직시하세요.

4 황제 The Emperor ♈♀

힘과 권력이 갖추어진 사람. 이 사람은 막중한 책임감 때문에 새로운 일을 꺼려하는군요. 일에 대한 믿음을 심어준다면 좋은 결과가 있을 수 있지만 현재는 받아들여지기가 힘듭니다.

카드 해설 :

황제는 힘과 권력이 있으며 자기중심적인 고집이 있을 수 있다. 책임감이 강해서 확실한 일이 아니면 새로운 일을 꺼려한다. 현재는 타협이 될 수 없다. 황제를 설득할 수 있도록 준비를 철저히 하라! 다음이라는 기회는 항상 존재한다.

상징 :

♈(양자리)는 첫 번째 별자리로써 순수함과 호기심 그리고 행동력을 나타낸다. 방패는 자신을 보호하다는 의미이다. 방패 안에 ♀가 그려져 있어 현재는 거부하지만, 새로운 변화를 완전히 거부한다는 의미는 아니다.

질문 : 나의 현재 상태는 어떨까?

4 황제 The Emperor ♈♀뽑은 경우

상담 사례

여성 : 조그마한 가게를 하나 차리고 싶은데 그런 운이 있나요?

마자 : 당장 무엇인가를 시작하는 것은 어려울 듯합니다. 황제가 고개를 돌리고 있군요.

당신이 도움을 받아야하는 사람이 황제입니다. 좀 더 준비해서 그를 설득시키세요. 그는 당신을 믿어보고 싶지만 현재 상태로는 능력이 부족하다고 생각하고 있습니다.

5 대사제 / 교황 The Hierophant ♉

과거의 힘든 상황에서 회복되고 있습니다. 건강, 돈, 명예, 사업 등이 모든 것이 나아질 것입니다. 당신은 예술과 키스하며 신뢰와 함께 할 수 있습니다.

카드 해설 :

대사제카드는 치료사카드라고도 한다. 치료사는 말 그대로 몸이 아플 때 카드가 나오면 회복의 의미가 있고 카드그림에 악기와 책이 들어있는 것은 육체적인 것뿐만이 아니라 정신적인 회복, 크게는 삶의 회복을 나타낸다.

내담자들의 상황을 객관적으로 판단하여 질문에 맞게 현실적인 조언을 하라! 치료사는 사람일 수도 있고, 음악이나 책, 예술 활동의 다양한 형태로 나타난다.

상징 :

북에 그려진 ♉(황소자리)는 두 번째 별자리로써 성실함과 신뢰를 상징한다. 치료사카드는 마치 르네상스와 같은 느낌이다. 모든 것이 다시 살아나는 듯한 느낌. 뱀은 치유와 변화를 나타낸다. 피라미드는 안정과 성장, 변화. 치료사의 빨강 옷은 삶의 기초에너지인 활력이다.

질문 : 나의 현재 상태는 어떨까?

5 대사제 The Hierophant ♉ 뽑은 경우

상담 사례

여성 : 조그마한 가게를 하나 차리고 싶은데 그런 운이 있나요?

마자 : 대사제카드는 당신을 도와줄 누군가가 있다는 의미입니다. 당신 주변에 그런 사람이 있는지 상황을 돌아보세요. 만약 아직 그런 사람이 나타나지 않았다면 성실하고 신뢰하는 사람에게 조언과 도움을 구하십시오.

6 연인들 The Lovers 》 Ⅱ

VI. The Lovers

유혹 혹은 프러포즈를 받게 되는군요. 싱글에게는 사랑이 찾아오고 커플에게는 위기가 올 수 있습니다. 사업상으로 다양한 제안들이 들어올 것입니다.

카드 해설 :

연인카드는 다양한 의미를 가지고 있다. 애정 문제에서 싱글은 누군가가 다가올 수 있는 의미이고 커플일 경우에는 제 삼자의 유혹이 있을 수 있다. 사업상으로는 새롭고 다양한 제안이 들어오며 진로분야에서는 하고 싶은 방향이 몇 가지로 나누어진다.

상징 :

Ⅱ(쌍둥이자리)는 세 번째 별자리로 다양성과 자유로운 소통을 의미한다. 연인들 사이의 화살은 마치 큐피드의 화살과 같다. 유혹은 있지만 결정 나지 않은 상태이다.

질문 : 나의 현재 상태는 어떨까?

6 연인들 The Lovers 》II 뽑은 경우

상담 사례

여성 : 조그마한 가게를 하나 차리고 싶은데 그런 운이 있나요?

마자 : 연인카드는 여러 가지 제안이 들어오는 것을 의미합니다. 아마도 다양한 사람들이 당신과 함께 일을 하고 싶어 할 겁니다.

그렇다면 들어오는 제안들을 하나하나 나누어 신중히 생각해보고 각각의 일에 따라 개별적으로 질문을 만들어 다시 타로카드를 보도록 합니다.

7 전차 The Chariot

꿈과 이상을 가지고 가보지 않은 길을 가려 하는군요. 하고 싶은 일이 명확하게 정해져 있으며 성공과 실패를 떠나서 이 일을 해본 것만으로도 당신은 후회가 없을 겁니다. 성공 확률은 50%이상?

카드 해설 :

전차카드는 하늘을 향해 이미 떠났다. 이전에 경험한 것이 아닌 전혀 새로운 것을 시도하다. 애정에서는 과거의 사람이 아닌 전혀 새로운 스타일의 상대, 직업 문제에서도 과거에 해본 적이 없는 새로운 일, 성공과 실패를 떠나서 후회 없이 도전하다.

상징 :

♋(게자리)는 보호와 양육을 나타내는 네 번째 별자리이다. 마차 바퀴는 보호와 양육을 벗어나 새로운 곳으로 간다는 것을 의미한다. 하늘의 태양은 자신이 추구하는 이상 세계, 달은 직관과 무의식을 나타낸다.

질문 : 나의 현재 상태는 어떨까?

7 전차 The Chariot 뽑은 경우

상담 사례

여성 : 조그마한 가게를 하나 차리고 싶은데 그런 운이 있나요?

마자 : 당신은 이미 가게를 차리려고 맘 먹고 온 상태입니다. 여기의 전차는 이미 가보지 않은 길로 떠났군요. 당신이 그렇게 마음먹고 있다면 후회 없이 결과에 두려워하지 말고 진행하는 것도 나쁘지 않습니다.

인생에 있어서 가끔은 도전도 필요하니까요. 과거에 해보지 못한 것에 대한 미련이나 후회는 없어야 한다고 생각합니다.

8 욕망 Desire / 힘 Strength ♌

어떤 일에 열정적으로 몰입하는 상태. 그것이 남녀 간의 사랑이 될 수도 있고 자신의 사업상 일이 될 수도 있습니다. 순수하게 무엇인가에 미칠 수 있는 열정이야말로 진정한 힘이라 할 수 있겠지요.

카드 해설 :

욕망카드를 보면 벌거벗은 소녀가 사자를 쓰다듬고 있다. 이것은 부드럽고 여성적인 것이 위험함을 다스린다는 의미이다. 소녀가 나쁜 남자를 길들여 자신만의 사람으로 만들기 위해 정성을 쏟는 모습처럼 보인다. 변하는 것이 세상의 이치인데 언제까지 열정적으로 몰입할 수 있을까?

상징 :

사자가 나오는데 그것은 다섯 번째 별자리 ♌(사자자리)이다. ♌는 자존심, 권위 그리고 명예를 나타낸다. 빨강 배경의 원은 자신이 충분히 조절할 수 있는 힘이 있다고 생각하는 것이다.

질문 : 나의 현재 상태는 어떨까?

8 욕망 Desire / 힘 Strength ♌ 뽑은 경우

상담 사례

여성 : 조그마한 가게를 하나 차리고 싶은데 그런 운이 있나요?

마자 : 당신이 가게를 하고 싶어 하는 열망은 가득합니다. 당신은 사업에 대해 차근히 연구도 해 왔고 그 분야에 관해 잘 알고 있습니다.

다만 지나친 몰입으로 현실이 잘 보이지 않을 수 있습니다.

9 은둔자 The Hermit ♍

자신의 계획에 따라 변화의 시기를 기다리는 사람. 변화할 수 있는 능력은 있으나 때를 기다리고 있군요. 자신의 목표를 더욱 뚜렷하게 만들어 보세요. 변화는 모든 것이 준비된 그 순간 당신에게 찾아 올 것입니다.

카드 해설 :

목적을 가지고 변화하지 않고 성실히 노력하는 단계. 램프 하나에 의존해서 나이든 사람처럼 자신의 때를 기다리는 것은 답답한 일이다. 하지만 아직은 변화할 수 있는 여건이 되지 않는다. 조금 더 참고 인내하고 기다려야 한다.

상징 :

은둔자의 머리에 여섯 번째 별자리 ♍(처녀자리)가 있다. ♍는 계획을 세워 성실히 수행한다는 의미이다. 하지만 변화의 상징인 뱀을 손에 꼭 쥐고 있어서 본인 스스로가 변화를 줄 때가 아니라고 여기고 있다.

하지만 내담자는 답답함을 견디지 못하고 상담사를 찾아오는 일들이 많다. 램프는 지혜, 현명함이다.

질문 : 나의 현재 상태는 어떨까?

9 은둔자 The Hermit ♍뽑은 경우

상담 사례

여성 : 조그마한 가게를 하나 차리고 싶은데 그런 운이 있나요?

마자 : 은둔자카드는 당신이 해야 할 것들을 계획하고 성실히 노력했다는 것을 뜻합니다.

하지만 아직 가게를 차릴 단계는 아닙니다. 좀 더 좋은 때를 기다리세요.

10 운명의 수레바퀴 The Wheel of Fortune 의

X. The Wheel of Fortune

모든 것은 변화합니다. 자신의 환경이 변화의 물살을 타기 시작할 때 나타나는 카드이며, 때로는 자신은 잘 느끼지 못하지만 주위 상황들이 변하고 전혀 예상치 못한 새로운 기회가 생길 수 있음을 기억하세요.

카드 해설 :

운명의 수레바퀴는 삶의 모퉁이 같은 것. 인생길은 순탄한 것이 아니라 몇 차례 꺾임이 있다. 마이너 카드에서 에이스디스크 같은 경우도 변화에 해당이 되지만 그것은 삶을 뒤흔드는 변화는 아니다. 1년 이내의 변화. 하지만 운명의 수레바퀴는 다르다. 진로가 바뀔 수 있고 운명의 상대자를 만나 결혼 할 수 있으며 어떤 삶의 큰 계기가 생기는 때이다.

상징 :

의 (목성)은 행운의 별이라고 부른다. 항상 변화가 행운이 되기를 바라지만 사실 인생은 그렇지 않다. 파충류와 삼지창은 혼돈과 변화의 시기를 암시한다. 아래와 위쪽의 손바닥과 스핑크스는 수레바퀴를 굴리는 거대한 힘을 나타내고 새의 얼굴을 한 오시리스는 죽음과 재생을 나타낸다.

질문 : 나의 현재 상태는 어떨까?

10 운명의 수레바퀴 The Wheel of Fortune 를 뽑은 경우

상담 사례

여성 : 조그마한 가게를 하나 차리고 싶은데 그런 운이 있나요?

마자 : 운명의 수레바퀴는 삶에 있어서 큰 변화라고 볼 수 있답니다. 일단 가게를 하던지 다른 일을 하던지 간에 당신의 삶에 큰 변화가 올 것입니다. 가게 뿐만이 아니라 자신의 삶이라는 큰 틀을 보며 변화를 준비하세요.

11 업보 Karma / 정의 Justice ♎

당신은 이번 생에 반드시 겪어야할 일들을 겪고 있는 것일 뿐입니다. 당신이 누군가와의 관계가 힘들다고 느껴진다면 미련을 두지 않을 만큼 스스로를 다스리세요. 당신 마음의 상처와 앙금들이 다음 생에서 그 사람과 다시 이어지도록 만들 수 있기 때문입니다.

카드 해설 :

업보카드는 인과율의 법칙이다. 단지, 본인이 원인을 알고 있을 수도 있고 원인이 무엇인지 모를 수도 있다. 이유는 결과가 전생과 현생 그리고 후생과 이어져있기 때문이다. 우리는 어떤 사건이 생기면 왜 내게 생길까라고 생각하지만 사실은 모두 이유가 있는 것이다. 주위의 가까운 사람들을 보라! 모두 전생의 업보이다.

상징 :

♎(천칭자리)는 7번째 별자리로써 균형과 조화의 의미를 가졌다. 부처의 모습에서 불교의 인연법을 알 수 있으며 양쪽에 칼을 든 오시리스는 끊임없는 죽음과 탄생을 나타내고 있다.

질문 : 나의 현재 상태는 어떨까?

11 업보 Karma / 정의 Justice ♎뽑은 경우

상담 사례

여성 : 조그마한 가게를 하나 차리고 싶은데 그런 운이 있나요?

마자 : 당신은 가게를 차리는 것이 이번 생에 꼭 해야 할 일들 중 하나입니다. 이것은 겪어야 하는 일이므로 피할 수는 없을 것입니다.

만약 의지대로 하지 않는다 하더라도 언젠가는 하게 되겠지요.

12 매달린 사람 The Hanged Man ♥

당신은 주위 환경 때문에 하고 싶은 일들을 못하고 산다고 느끼고 있습니다. 당신과 가까운 사람들로 인해서 친분 때문에 혹은 생계 때문에… 모든 것은 연습이 필요합니다. 발목의 줄을 풀고 천천히 걸어보세요. 당신만을 위한 삶을 살아보세요. 당신 자신이 행복해야 주위 모든 사람들이 편해 질 수 있다는 것을 기억하세요.

카드 해설 :

매달린 사람은 정이 많아서 여러 가지 일들에 얽혀있는 경우가 많다. 온전한 사람으로 살기위해서는 때로는 부탁을 들어주는 것도 필요하지만 거절하는 것도 배워야만 한다. 주위 환경이 당신을 가로막는 것이 아니라 스스로 자신을 자유롭게 만들어야한다.

상징 :

몸이 십자가에 거꾸로 매달려 땀방울이 떨어지고 있는 상황에서 머리 뒤의 배경이 검은 색이다. 땀과 검정 배경은 감정을 표현한다. 그리고 매달린 발은 사회적인 관습이나 규율처럼 자신을 움직이지 못하게 하는 사회의 시선이다.

질문 : 나의 현재 상태는 어떨까?

12 매달린 사람 The Hanged Man ♥ 뽑은 경우

상담 사례

여성 : 조그마한 가게를 하나 차리고 싶은데 그런 운이 있나요?

마자 : 아직 그런 때는 아닙니다. 당신이 벌여놓은 여러 가지 일 때문에 새로운 일을 시작하기 어려울 것 같군요. 당신의 발목을 잡고 있는 일이 무엇인지 먼저 알아보고 정리를 해야 됩니다.

13 죽음 Death ♏

정리를 해야 하는 시기가 왔군요. 변화를 주세요. 감정적이든 물질적이든 이제는 버려야 합니다. 버리는 것을 두려워하지 마세요. 비움은 채움의 시작이니까요. 그 변화는 원하든 원하지 않던 진행될 것입니다.

카드 해설 :

죽음카드는 말 그대로 육체적인 죽음을 의미하기도 한다. 하지만 일상에서는 죽음보다 내가 해왔던 일반적인 것에 대한 결별을 의미한다.

애정에서는 이별이 되기도 하고, 팔리지 않던 부동산은 팔릴 수 있다. 엄마에게 일상적으로 일어나는 일 중에는 자녀를 학원에 보내지 않는다고 결정을 내렸을 때나 지루한 소송이 끝날 때에도 나타난다. 죽음카드는 영화에서 보던 것처럼 무서운 카드가 아니라 종결의 의미로 많이 사용된다.

상징 :

전갈은 8번째 별자리 ♏(전갈자리)를 나타낸다. 해골이 들고 있는 것은 시간의 낫인데 이것은 현재의 시간을 자른다는 의미가 있다. 지팡이의 뱀은 변화를 나타낸다. 검은 태양과 바다의 물은 감정을 표현하고 있다. 정리란 감정적인 것과 물질적인 것 모두를 포함하고 있다.

질문 : 나의 현재 상태는 어떨까?

13 죽음 Death ♏뽑은 경우

상담 사례

여성 : 조그마한 가게를 하나 차리고 싶은데 그런 운이 있나요?

마자 : 이 카드는 모든 것이 정리될 때 새로운 것을 할 수 있다는 것을 의미합니다. 가게를 차리는 것에 중심을 두지 말고 현재 자신을 환골탈태(換骨奪胎)할 수 있도록 해야 합니다.

모든 것을 버리지 않으면 새로운 시작은 없습니다.

14 시간 Time / 절제 Temperance

무엇인가를 준비하는 단계입니다. 서두르지 마세요. 당신은 미래를 위해 인내심과 참을성이 필요합니다. 당신이 기혼자라면 아이를 매우 기다리고 있군요. 타이밍을 기다리세요. 기회가 찾아올 때까지.

카드 해설 :

항상 현실을 인식하고 사는 것이 좋은 것은 아니다. 때로는 조금 멀리서 자신을 돌아볼 필요가 있다. 시간카드는 쉬어간다는 의미가 들어있다. 때로는 목적도 없이 그저 기다릴 뿐 기다림이 길어지면 무엇인가에 대한 갈망도 커진다. 기다림은 갈망과 욕망을 키우는 먹이이다.

상징 :

피라미드에 그려진 하늘로 향하는 화살표는 9번째 별자리 ✈(사수자리)이다. ✈는 초월하다, 생각하다, 철학하다 등의 현실성과 거리가 먼 별자리이다. 피라미드의 십자가는 몸과 마음의 합일, 균형을 상징한다. 따오기의 얼굴을 지닌 시간의 천사의 모습은 인생이란 매우 혼돈스럽고 수수께끼와 같음을 표현한다.

질문 : 나의 현재 상태는 어떨까?

14 시간 Time / 절제 Temperance ↗뽑은 경우

상담 사례

여성 : 조그마한 가게를 하나 차리고 싶은데 그런 운이 있나요?

마자 : 시간은 기다림의 카드입니다. 어쩌면 인생은 기다림이 제일 많은 분량을 차지하는 것 같아요. 그저 시간을 보내는 거죠. 잠시 쉬어간다 생각을 하고 차라리 여행을 다녀오세요.

15 악마 The Devil ♑

당신 마음 속에 있는 이기적인 사람으로부터 매우 힘들어하는 상황입니다. 그것은 당신 자신일 수도 있고 어떤 다른 상대일 수도 있습니다. 모든 병은 스트레스로부터 나오는데 안정을 매우 필요로 합니다. 당신이 어떻게 할 수 있는 존재가 아니라면 그냥 무시하세요.

카드 해설 :

악마카드는 이기심으로 인해 매우 힘든 상황. 그것은 사람일 수도 있고 직장일 수도 있으며 내가 처한 상황이 그럴 수 있다. 이것은 연인카드와 반대의 의미이다. 연인카드는 가볍고 밝은 이미지이지만 악마카드는 무겁고 퇴폐적인 이미지이다. 악마카드는 계약한 일에 무조건 책임질 것을 요구한다. 억압되고 자유롭지 못한 상태에는 몸이 아픈 것도 포함된다. 건강을 주의하라.

상징 :

염소의 머리를 한 악마이다. 열 번째 별자리는 바로 ♑(염소자리)이다. ♑는 인내와 노력의 상징, 견디라는 뜻이다. 배경에 있는 역오각형의 별모양이 있다. 이것은 사악함을 나타낸다. 파리는 악마를 상징하는 곤충이다.

질문 : 나의 현재 상태는 어떨까?

15 악마 The Devil ♑ 뽑은 경우

상담 사례

여성 : 조그마한 가게를 하나 차리고 싶은데 그런 운이 있나요?

마자 : 당신은 새로운 가게를 차리는 것이 중요하지 않습니다. 너무 많은 스트레스를 받고 있어요. 그것은 외부적인 것이고 어떻게 해서든지 벗어나야 합니다. 처음에는 사랑으로 시작했지만 집착이라는 이름으로 당신을 힘들게 하는 상황이라면 벗어나야합니다.

스스로 억압된 상황을 무엇이지 인식하고 벗어나는 것이 먼저입니다.

16 탑 The Tower ♂

주위 사람들로 인해 깊은 상처를 입은 당신. 당신은 멋진 사람이에요… 스스로 자학하지 마세요. 있는 그대로 당신의 모습을 계속 이어 간다면 진실은 꼭 밝혀질 겁니다. 오히려 자기 자신보다 더 상대를 믿지 않았나 반성하세요. 스스로를 다스리는 법을 배우세요.

카드 해설 :

탑카드를 보면 성에서 사람들이 떨어져 죽고 있다. 이것은 마음의 상황이다. 누군가 혹은 어떤 상황에 의해 믿음과 신뢰가 깨어지는 상황. 인생에는 누군가가 대사제가 되어 치료사로 나타나기도 하지만 때로는 탑카드처럼 마음의 상처를 줄 수도 있다.

상징 :

♂(화성, Mars)는 로마신화의 전쟁의 신이다. 탑의 옆에 있는 시바신은 힌두교의 파괴신이다.

질문 : 나의 현재 상태는 어떨까?

16 탑 The Tower ♂ 뽑은 경우

상담 사례

여성 : 조그마한 가게를 하나 차리고 싶은데 그런 운이 있나요?

마자 : 당신은 실망스러운 경험을 해서 마음이 아픈 것 같습니다. 당신이 믿고 있던 생각들이 바뀌고 있군요. 자신을 좀 더 다스리고 다른 일을 시작해 보셔요.

17 별 The Star

세상은 돌고 도는 것. 돈도 돌고 돌며 버는 것만큼 투자를 하며 미래를 열어 가는 것. 지금까지 금전 문제로 힘들어 했던 사람이라면 현금이 회전될 것이고 건강이 나빴던 사람이라면 건강이 회복될 것입니다.

카드 해설 :

별카드는 회복과 순환의 의미가 있다. 힘든 일을 겪고 닫혀 있던 사고가 유연해지며 세상사는 돌고 도는 것이라는 인생의 의미를 깨달을 때가 아닐까? 건강 회복의 의미로도 좋고 자금 회전이 되는 상태로 많은 것을 바라지 않고 평범한 일상의 행복을 음미한다.

상징 :

소녀가 들고 있는 물병은 열한 번째 별자리(물병자리)를 상징한다. 창문은 마음을 여는 출구이며 별은 희망, 영감, 회복, 기대감, 쇄신 등을 표현한다.

질문 : 나의 현재 상태는 어떨까?

17 별 The Star 〰〰 뽑은 경우

상담 사례

여성 : 조그마한 가게를 하나 차리고 싶은데 그런 운이 있나요?

마자 : 이제 조금 숨통이 트이는 상황이군요. 조금씩 움직여도 될 것 같습니다. 과거에 힘들었던 일들이 서서히 정리되고 얼었던 시기가 점점 녹고 있습니다. 가게를 내는 것은 나쁘니 않지만 대박을 바라지는 마십시오. 노력한 만큼의 대가만 있을 것입니다.

18 달 The Moon ♓

당신 마음대로 현실을 미화시키지 마세요. 아름다운 것만을 바라보면 나중에 상처 받을 수 있습니다. 아마 당신은 맘 한구석에서 불안한 생각이 떠나지 않을 겁니다. 무의식이 당신에게 경고하고 있을 때 현실을 바로 보세요. 건강은 회복됩니다.

카드 해설 :

달은 밤에 뜬다. 밤의 세계는 무의식이 강하게 발현되는 세상이며 모든 것이 어둠으로 정확히 보이지 않는다. 누군가의 밤은 아름답지만 어떤 이의 밤은 서럽다. 여제카드는 풍요롭고 여유가 있어 안정 되어있지만 달카드는 자신만의 세계에 있기 때문에 안정감이 떨어지고 감정적이다. 달은 건강 회복의 상징이기도 하다.

상징 :

열두 번째 별자리인 ♓(물고기자리)가 물고기로 표현되어 있다. ♓는 합쳐진 두 개의 달 모양으로 공감, 환상, 연민, 치유라는 의미가 있다. 또한 깔때기 모양의 모자는 정신적으로 문제가 있을 수 있다는 것을 표현하는 원형적 상징이다. 달빛에 앉아있는 자칼은 유일하게 신뢰하며 교감할 수 있는 친구이다.

질문 : 나의 현재 상태는 어떨까?

18 달 The Moon ♓ 뽑은 경우

상담 사례

여성 : 조그마한 가게를 하나 차리고 싶은데 그런 운이 있나요?

마자 : 지금 자신만의 세계에 빠져있어요. 사업은 현실적이고 실현이 가능할 때 해야 합니다. 당신은 현실을 고려하지 않고 주관적으로 가게가 잘될 것이라고 생각합니다.

전문가와 상의하고 의견을 수렴하는 것이 좋을 것 같아요.

19 태양 The Sun

현실을 객관적으로 정확히 들여다보는 상황,
바른 판단력, 옳은 결정

카드 해설 :

태양은 낮에 뜬다. 환하고 밝기 때문에 모든 것들이 명확히 보이는 때이다. 세상을 객관적으로 바라보고 현명한 선택을 할 수 있다. 하지만 무조건 태양카드를 성공의 카드로 볼 수 없다. 성공이나 행복보다는 정확한 사리판단이 더욱 정확한 표현이다.

상징 :

태양의 상징은 소생과 활력이며 이상세계를 추구하는 것이다. 기둥에 그려진 는 현실을 이상적 세계로 만들고 싶다는 욕구가 표현되어져 있다.

질문 : 나의 현재 상태는 어떨까?

19 태양 The Sun ◉ 뽑은 경우

상담 사례

여성 : 조그마한 가게를 하나 차리고 싶은데 그런 운이 있나요?

마자 : 네, 가게를 창업하기에 좋은 시기입니다. 당신은 상황판단이 좋기 때문에 별 무리 없이 일이 진행될 것입니다.

자신감을 가지고 계획을 세워 일에 임하시면 됩니다.

어려운 일이 최종단계에 들어갈 때입니다. 과거의 잘잘못이 가려질 것입니다. 자신의 관점을 바꾸고 새로운 흐름을 맞이하세요.

카드 해설 :

계시카드는 자신의 몸을 태워 열반에 드는 수도승의 모습을 그리고 있다. 이는 세속적인 삶이 아니라 자신을 희생하는 삶을 살아야 한다는 의미가 들어있다. 물질적인 것은 약하지만 정신적인 것을 추구한다면 삶의 의미가 생길 것이다.

상징 :

불은 가장 순수하고 강력한 힘이다. 천사가 들고 있는 초승달 모양의 낫은 두 가지의 상징이 결합되어 있는데 초승달모양은 무의식과 잠재의식이고 낫은 수확할 때 혹은 심판받을 때라는 것을 나타낸다.

질문 : 나의 현재 상태는 어떨까?

20 계시 The Revelation / 심판 The Judgement ♣ 뽑은 경우

상담 사례

여성 : 조그마한 가게를 하나 차리고 싶은데 그런 운이 있나요?

마자 : 다시 세상으로 나오시려고 하시는군요. 당신이 가진 종교나 믿음으로 일어설 수 있습니다. 작은 것부터 시작하세요.

21 세계 The Universe / The World ♄

새로운 차원의 문으로 들어 설 것입니다. 다른 세상을 경험하고 더 나은 미래를 만들 수 있습니다. 멋진 여행을 준비하세요.

카드 해설 :

세계카드는 인생에 있어 한 시기가 끝나는 상태를 의미한다. 누군가와 사랑을 할 때에도 우리는 그를 만나기 전 설레던 시기부터 사랑이 끝나는 시기까지 긴 여행을 하고 헤어진다. 그리고 다시 누군가를 만나고 싶은 설렘으로 시작해 여행의 어떤 시기 즈음에 머무른다고 가정 할 때 우리는 평생 여행을 하는 여행자이다. 다만 여행을 누구와 어떤 목적으로 하는지가 다를 뿐 그렇게 우리는 짧던 길던 끊임없는 다른 세계를 사는 것이다. 세계카드는 그런 하나의 여행이 끝났음을 알린다.

상징 :

춤추는 무용수는 광대의 소년이 늙었음을 암시한다. 무용수 주위를 도는 토성은 공전주기가 약 30년이다. ♄은 점성학에서 극복해야 할 것이라는 표현을 쓰는 행성이다. 인생을 30년 주기로 나누어 본 것은 아닐까? 그렇다면 현재 인간의 평균 수명을 90세로 볼 때 3번의 주기를 사는 것이다.

질문 : 나의 현재 상태는 어떨까?

21 세계 The Universe / The World ♄ 뽑은 경우

상담 사례

여성 : 조그마한 가게를 하나 차리고 싶은데 그런 운이 있나요?

마자 : 당신은 지금까지 해왔던 모든 일들 마치고 새로운 삶으로 접어드는 시기입니다. 이제 당신은 또 다른 새로운 삶을 살아가게 될 것입니다. 다시 긴 여행을 하겠지만 당신은 멋진 경험을 하실 수 있을 겁니다.

"이제 우리는 마이너카드 52장과 메이저카드 22장을 모두 배웠습니다. 이제는 모든 카드를 섞어서 임상하도록 하겠습니다. 임상은 참 중요합니다. 특히 혼자 하는 임상보다는 함께 공부하는 사람들끼리 모여서 임상을 하면 효과가 배가 되지요.

이유는 우리가 타로를 읽을 때 우리의 주관에 빠지지 않고 타인도 다른 관점에서 해석할 수 있다는 생각을 하며 열린 사고를 가져야 하기 때문이지요. 매우 중요합니다. 혹시라도 누군가의 문제를 타로를 통해 상담할 경우 상담자의 객관적인 자세는 무엇보다 중요하기 때문입니다. 그래서 이렇게 타로는 그룹수업을 하는 것이 가장 좋아요."

모든 타로를 섞어 임상하기

원카드 리딩하기

* 4인 가족의 현재 상황 원카드 보기.

● **남편 : 3 디스크**

카드 의미 : 경험 많은 사람들의 협력으로 물질적 유대가 튼튼한 삼각관계

상황 : 며칠 전, 선·후배의 작은 도움을 받아 어제 감사의 의미로 자리를 마련했는데 의리를 돈독하게 다지는 좋은 시간이었다고 함.

● 엄마 : 6 컵

카드 의미: 즐거웠던 시절을 떠올리며 자신 존중과 감정 치유.

상황: 어제 남편의 술자리로 온전히 내 몫이 되어버린 육아와 집안 일로 심신이 지치고 애들이랑 씨름 하는 내 모습이 서글 펐는데 남편이 귀가하며 사온 과일 보따리를 보며 감정 치유.

● 큰아들: 4 디스크

카드 의미: 금전적 의미, 적당한 절제심과 소유욕이 생김

상황: 4살 아이의 입장으로 해야 할 일과 하지 말아야 할 일을 나누고 가지고 싶은 것과 가질 수 없는 것이 형성되는 중요한 시기.

● **작은아들: 에이스 완즈**

카드 의미: 호기심, 창조적 성향, 순수한 의미

상황: 이제 막 4개월이 지난 아이의 뒤집기와 치발기의 학습이 이루어지고 있는 호기심이 왕성한 나날들.

실제생활에서 많이 쓰이는 방법으로 식구들의 상황을 알아보는 방법이다.

타로카드는 현재가 동시성에 의해 가장 정확하게 나타난다. 그러므로 원카드로 충분히 연습하여 카드 한 장 한 장을 충분히 익힌다.

초보자가 연습할 때에는 현재를 중심으로 자신의 심리상태를 객관화시키는 연습을 많이 하는 것이 좋다.

알 수 없는 미래를 맞추려 하지 말고 자신의 상황을 정확히 아는 것이 더 중요하다.

* 쓰리카드로 타로보기

* 사례) 당신의 삶은 어떤 상황일까?

메이저-시간

마이너-에이스디스크

마이너-6디스크

메이저카드가 나왔다는 것은 인생에 있어 기다림의 시간을 가졌다는 것이다.

마이너 에이스 디스크는 이번 겨울의 변화를 나타낸다.

마이너 6디스크는 회복과 성공, 복구를 의미한다.

이 카드를 일상적인 대화체의 문장으로 카드를 읽어 주면 된다.

"당신은 오랫동안 쉬면서 무엇을 할지 기다려왔습니다. 하지만 바로 지금 겨울에 환경이나 생각이 서서히 변화되고 있어요. 당신은 기회를 잡을 겁니다."

이 문장에는 성공이나 복구 이런 말은 들어있지 않다. 하지만 기회라는 말이 들어가 있다.

기다림이 인생의 주된 일이었고 현재 상황이 바뀌면 그것은 바로 성공으로 가는 것이 아니라 새로운 기회라는 표현이 더 어울리기 때문이다.

- 타로는 일반적인 공부처럼 문장을 암기해서는 안 된다.
- 그림 속의 상징을 이해한 뒤 느낌이나 분위기를 경험하고 체득해야한다.
- 74장의 카드는 인생에 해당하는 다양한 상황들을 표현할 수 있다.
- 나의 실생활에서 타로카드를 떠올리는 연상을 하라.
- 메이저카드에서 같은 질문을 모두 다른 의미로 표현하는 것을 보았을 것이다.
- 역으로 같은 카드라도 질문의 상황이 달라지면 의미 또한 달라진다.
- 카드에서 핵심어를 찾지 말고 나이, 성별, 상황별로 다양한 문장을 써라.
- 오로지 내가 경험한 카드만 설명할 수 있다는 사실을 인식하기를 바란다.
- 자신의 경험이 녹아있지 않는 타로카드는 해석이 어렵다고 느껴질 것이다.
- 당신에게 해석이 어려운 카드는 당신이 잘 뽑지 않은 카드이기 때문이다.

쓰리카드로 상황별 리딩하기

취업문제

사례) 직장을 구해야 하는데 가능할까요?

마자샘 : 당신이 생각하고 있는 직장은 있나요?

타로카드는 당신의 직장을 골라주지 않습니다. 다만 당신이 생각하고 있는 직장 중에서 선택할 수 있는 가능성을 제시해 줍니다. 그리고 당신은 직장을 구해야 하는데 걸리는 기간을 정하지 않았군요?

만약 당신이 기간을 정하지 않고 구직만 문제를 삼는다면 이 질문은 타당하지 않습니다. 이유가 뭘까요? 기간 없이 하는 질문은 유효기간이 정해지지 않아 대체 언제까지 구해지는 지 알 수가 없기 때문입니다.

타로카드에서 구해지지 않는다고 나왔을 때 그럼 평생 구해지지 않는 건가요? 아닙니다. 그래서 항상 기간을 제시해야 합니다.

다시 한 번 질문을 만들도록 하지요!

상황 : 미혼의 40대 여성

질문 1) 생각하는 직장을 2月말까지 구할 수 있는가?

Three Swords
과거에 상처받거나
아픔이 있는

Ten swords
지금 나를 무기력하게
공허하게 만들고

Seven cups
겉으로 들어나지 않으
나 진실하게 구직하려
는 마음이 없는 상태

결과 : 과거의 아픔이 되살아나, 대화도 원하지 않으므로 일상에서 현실감을 찾고 의사소통을 위해 노력해야 함.

상황 : 기혼의 40대 여성

질문 2) 현재의 건강상태는 어떠한가?

Ten disk
성공적인 결과가
들어나고
좋은 소식이 있다.

Six disk
건강이 회복 중인 상태

Ace wands
봄부터 건강이
좋아졌다고 느낄 수
있음.

결과 : 현실감 있게 변화, 회복 중, 오랫동안 건강이 좋지 않았음. 요즘은 건강이 좋아진 것을 느끼지만 확실한 변화는 봄부터 나타남.

장시간 본인 일에 몰두했다가 최근에 일이 마무리 단계에 있어 쉬고 싶은 생각을 하고 있는 상태임.

기운이 많이 소진된 상태이므로 건강관리에 특별히 유의해야 함.

상황 : 미혼의 40대 여성

질문 3) 올 봄(양력 4월)까지 남자친구 생기는가?

The Fool
마음이 떠있음

Ten wands
현실감 부족
이성에 관심 없음

Queen Swords
현재의 일이 중요
여왕의 기술 습득

결과 : 지금 새로운 일을 배우는데 거기에 흥미를 느끼고 있고 남자에 관심이 없음. 자신의 일에 집중하여 경력을 키우고자 함.

상황 : 새로운 분야에 도전하는 중인 여성

질문 4) 지금 사주를 배우는 일이 적성에 맞는가?

Six Cups
과거에 점집을
많이 다님.
맞은 적도 있음

Karma
지금 일에 운명처럼
끌리는 데….

Eight cups
여름이 고비이며
그 전의 기억(이론, 지
식)을 다 버려야 됨.

결과 : 예전에 사주에 대해 편견을 버리고 새로운 마음으로 지금 배우는 일에 임해야 함.

상황 : 개업한 지 얼마 안된 가게를 남편과 운영 중인 40대 여성

질문 5) 올 상반기 가게 잘 되겠는가?

Five wands
봄에는 간신히
유지는 하고 있음.
견뎌야 함.

Ten cups
여름이 되면 노력한
만큼 잘 될 수 있음.

Moon
지금 현실감 없이
운영.

결과 : 먼저 메이저를 읽고 전체 분위기를 파악한다. Moon은 지금 무작정 잘 될 거라는 현실적이지 않은 믿음을 가지고 있음. 그리고 마이너카드를 리딩한다.

남편이 손님들 중심으로 가게를 운영하여 현재는 수익도 많지 않고 힘들지만 이 시기를 잘 견디면 노력하는 만큼 단골도 늘어나 잘 될 수 있음.

상황 : 타로를 배우고 있는 여성

질문 6) 타로가 적성에 잘 맞을까?

Eigft cups

타로에 대한 어렵다는
생각을 버려야 함.

Fool

수업을 통해 세상 밖에
나옴. 현재 아기와
같은 상태.

Queen cups

자기보호 본능으로
계속 자신을
감추려함.

결과 : 타로에 대해서 어렵다는 생각을 하고 있으므로, 이 생각을 버리고 적극적으로 임해 타로를 대인관계 수단으로 활용하도록 노력하는 게 좋음

상황 : 다이어트를 결심한 여성

질문 7) 다이어트 할 것인가, 말 것인가?

Ten cups
과거에 다이어트를 성
공한 적이 있음.

Knave wands
갈등하지만 맘 먹은
대로 뺄 수 있다고
자신감 있음.

Eight swords
현재 실행할 의지는
없음.

결과 : 과거에 다이어트에 성공한 적이 있어서 자신감은 있지만
현재 실행할 의지가 없음.

상황 : 11살 된 반려견을 키우고 있는 견주

질문 8) 강아지의 건강상태와 상황은?

Empress
엄마의 마음을 뜻함.

Nine swords
죄의식, 죄책감

Ten disks
건강상태 좋음

결과 : 강아지가 11살이라는 나이에 비해 건강하지만 견주는 강아지에게 잘 해주지 못했다는 죄책감을 가지고 있음.

상황 : 20대 자녀를 둔 엄마

질문 9) 여자 친구와 헤어진 20대 아들의 마음상태는?

Knave swords
이리저리 고민

Knave cups
자신의 모습을
숨김. 욕구불만

Seven cups
정상적인 감정이 아님

결과 : 아들이 겉으로 내색하지는 않으나 이별의 슬픔으로 고민하여 힘들어하며 말을 않고 있음.

상황 : 현재 책 출간을 앞두는 작가

질문 10) 독자가 생각한 자신의 책(결과물)의 완성도의 느낌은?

Six wands
성공적인 작품

Three wands
세상에 없는 것을
만들어 재미있다고
느낌.

Hierophant
힐링, 자유

결과 : 독자들이 새로운 방식의 책을 보고 신선하고 재미있다고 느끼며, 책을 통해 치유를 하는 독자도 있음. 반응이 좋음.

상황 : 컬러카드를 만들어 각 색깔의 의미를 트로트 가요에 접목시켜 의미 연상을 하도록 하는 강의를 준비중인 작가

질문 11) 강의 제목에 '트로트 가요와 컬러카드'를 넣었을 때의 사람들의 반응은?

Desire
열정은 있으나

Time
시간이 걸리고

Seven wands
조화 안 됨

결과 : 트로트 가요를 제목에 넣지 말고 수업시간에 보조 도구로 활용하는 것이 좋음.

맺음말

이 책은 나와 오랫동안 함께 해온 모든 사람들이 도움을 주어 세상에 나오게 된 책이다. 먼저 나의 친구 최정윤 선생님과 조현숙 선생님께 말로는 다 할 수 없는 감사를 표하고 싶다.

항상 곁에서 나를 지켜주는 소중한 벗님들⋯⋯.

우리 재간둥이 신유정 선생님은 이 책을 쉽게 표현할 수 있도록 많은 도움을 주었고 남편과 아들의 배려 속에 즐겁게 일을 마칠 수 있었다.

2014년 참 많은 일들이 있었다.

세상도 힘들었고 나라도 힘들었고 가정도 힘든 해였지만 우리는 아직 숨 쉬고 있다.

내년에는 모두 일어나 달릴 수 있기를 희망하며 글을 마친다.

참! 당그래출판사 이춘호 사장님 감사합니다.